当我们远行，我们会想到
一支橹存在的意义——我们生活中
不可或缺的手杖。

当它归来，它的影子
又多了一身疲惫。仿佛它背负的
不是浪花，而是人生中的
一段里程。

——《运河橹》

运河记

季风 著

漓江出版社
·桂林·

图书在版编目(CIP)数据

运河记 / 季风著. -- 桂林：漓江出版社，2024.1
ISBN 978-7-5407-9652-5

Ⅰ. ①运… Ⅱ. ①季… Ⅲ. ①诗集—中国—当代
Ⅳ. ① I227

中国国家版本馆 CIP 数据核字(2023)第 227059 号

运河记(Yunhe Ji)

作　　者　季　风

出 版 人　刘迪才
责任编辑　刘红果
特约编辑　长　岛
封面设计　马海云
责任监印　张　璐

出版发行　漓江出版社有限公司
社　　址　广西桂林市南环路 22 号
邮政编码　541002
发行电话　010-85891290　0773-2582200
邮购热线　0773-2582200
网　　址　www.lijiangbooks.com
微信公众号　lijiangpress

印　　制　苏州市越洋印刷有限公司
　　　　　(江苏省苏州市越溪街道南官渡路 20 号　邮政编码：215104)
开　　本　880mm×1230mm　1/32
印　　张　8.375
字　　数　140 千字
版　　次　2024 年 1 月第 1 版
印　　次　2024 年 1 月第 1 次印刷
书　　号　ISBN 978-7-5407-9652-5
定　　价　68.00 元

与一条河流生死相依（自序）

我要说的是中国大运河。

2020 年夏天某个下午，我站在淮安大运河桥上远眺滔滔东去的运河，那些大大小小的浪花在桥下一朵追着一朵奔向远方，随即消失于苍茫之中。一艘货船鸣着笛破浪而来，我突然发现一只大鸟坚定地站在船头，任凭运河风浪怎么吹打它都不飞走。哦，它是想做一块坚定的石头，要与年年岁岁的跑船人同舟共济、风雨兼程！

那一瞬间，我突然流下了两滴泪。那只大鸟感动了我。

运河水仿佛一面古铜色镜子，我人生的影子在它明亮的反照中由小变大。它每天晚上拍打我入睡，清晨又唤我醒来。小时候，我不知道这条河水从哪儿来，又要奔向哪里去，但它在我的生活中流淌，穿过我生命的每一天。这是一条蕴含丰厚哲学和美学意味的运河，它历经沧桑却拒绝悲伤，一路跌宕但追求卓越。它像母亲一样默默哺育着运河子孙，不停地催你上路、推你向前，却从不图回报。

“一条大河波浪宽”，大运河像一串浪花做成的水晶项链将中国35个古都名城连接进来，将一座座名山和一条条大大小小河流串联起来。好长时间，那只大鸟对运河的固守让我久久不能释怀。面对这条贯通中国南北滋养中华大地数千年的大河，作为受运河恩泽成长的运河儿女，我再也不能做到无动于衷。

深入一条河流的内部，就会被历史的大浪一波一波地淹没。第一波大浪袭击我的是春秋吴王夫差，是他为了伐齐运输粮草和军队才下令开挖了邗沟。但他怎么也不会想到，就是他这一声旨令，开启了中国一部浩浩荡荡的运河史。这是一条世界上开凿最早、规模最大、长度最长的人工运河。进入2500多年运河时空，我仿佛看见许多人和物向我走来：那些帝王将相、行商坐贾，那些文人、侠客、歌伎、嫖客、酒鬼，那些盐埠、渡口、钞关、寺庙、灯塔，那些兵卒、粮草、刀光剑影和金戈铁马，那些玉石、丝绸、粮米、小戏，那些悲壮故事和美丽传说，一下子从运河典籍中醒来，猛地扑进我的眼里、怀中和心头，他们仿佛是我失散已久的故人，穿过数千数百年与我久别重逢。

当京杭运河、隋唐运河、浙东运河成功连接，当滔滔大河翻滚在中国这块广袤大地上的时候，这条水路成功开凿的意义已不再是最初战争所需之意义了。那些操着各式方言的南北方人迅速大跨度迁徙流动起来，不断推动着南北文化、思想、宗教、生活习俗等加速交流。无疑，这条水路成了中国历史上最具开创和变革精神的一大壮举。勤劳的人民用最原始最笨拙的手抬肩扛将南北千里紧密地糅合在了一起，从而使我们这个古老民族拥有了一根柔软而坚韧的大动脉。这根动脉具有强大的功率，它热血沸腾的豪情和包容天下的情怀，衍生出中华民族璀璨夺目的运河文化，从而使之成为中华文明的重要一极。

大运河一旦和诗歌相遇，运河的内涵就有了新的起伏，诗人笔下的运河便呈现出万千镜像、无限联想——

李白的大运河是：故人西辞黄鹤楼，烟花三月下扬州。（《黄鹤楼送孟浩然之广陵》）刘禹锡的大运河是：沉舟侧畔千帆过，病树前头万木春。（《酬乐天扬州初逢席上见赠》）王安石的大运河是：春风又绿江南岸，明月何时照我还。（《泊船瓜洲》）皮日休的大运河是：万艘龙舸绿丝间，载到扬州尽不还。（《汴河怀古二首》）江南美景让封建帝王的心蠢蠢欲动，唐代诗人许浑在《汴河亭》写道："百二禁兵辞象阙，三千宫女下龙舟。"为了饱览扬州琼花盛开美景，隋炀帝率浩浩荡荡的御林军辞别了皇宫，三千名嫔妃乘龙舟一起南下。即使高铁飞机交通如此发达的今天，这么多人一起出行，那也是一项极其浩大奢侈的公务活动！而那些多愁善感的诗人更是把家国情怀融入运河的氤氲缱绻之中，南宋诗人楼钥《泗州道中》诗云："中原陆沉久，任责岂无人。"此番运河之行，对楼钥而言，就是目睹家国兴亡之旅。清代诗人张尔荩的"数点梅花亡国泪，二分明月故臣心"，更是激发了多少中华儿女的民族自尊心和爱国热情！

大运河的出现不能不说是中国历史诞生的一个奇迹，它的闪亮犹如一道灵光，击中了诗人最柔软的部分，让诗者获得了某种神示，也给悠远绵长的中华文明增添了无数自证。

爱是炽热的，但对于写作者，让自己超脱于尘嚣获得内心宁静却是必须有的炼丹术。费尔南多·佩索阿说："我渴望——默默无闻，因默默无闻而享有宁静，因宁静而成为我自己。"在写《运河记》系列诗时，我努力让自己沉寂下来，只有宁静时分，运河才会在我的诗中一首一首流淌出来。我不知道这组系列诗会写多少，最后会写成什么模样，但我写运河诗时比以往任何时候更珍惜内心的宁静，我力图让每一首诗在宁静中悄悄地绽放自我，让它在宁静中弥散出不一样的光和香气。我承认在运河系列诗创作过程中我写得很投入，除了白天工作为稻粱谋，我几乎所有业余时间都用在了对运河的凝视中，因而我写得并不轻松。但我的落笔是节制的，我珍惜着文本名词与动词的盈亏，同时也摒弃空泛式的赞美，以免落入当下主题诗歌写作固化的陷阱。我虽写得很辛苦，但我不感到孤独："一条影子被埋在夜里，你要相信它会被唤醒。"我也是富有的："舱中鱼虾、两岸稻香和万亩良田，以及向上生长的炊烟，它们都归我所有。"这是一枚楔入中国诗歌史中的美学因子，诗人的骨血始终汹涌着浩瀚的情怀。面对日夜奔突的运河，追赶着李白、王安石们抛给我的背影，我义无反顾地加入了他们的行列，一路高歌、一路豪情。

感谢大鸟，它以成人礼般的站姿教育了我，并让我成为它的同类！

感谢运河，我诗人的头发由于被它的波浪长期浸染，如今成为大海般的翻卷状!

感谢诗歌，它让我的灵魂和运河水韵融为一体且纵横南北、生死相依！

原载2022年9月《星星》(诗歌理论版)，原题为《一条大河波浪宽》，2023年8月修改

目　录

contents

第一辑　发光的非遗

第二辑　历史的镜像

第三辑 涟漪的线头

第四辑 晃动的传说

第五辑 起伏的心脉

第一辑

发光的非遗

运河剪纸

一个水平面，起初是安静的。
后来，它的内心有了想法，便开始
反复折叠，构思另一个自己。

世界之变，由剪刀决定。
刀锋左旋右拐，它在寻找一条幽径，
同时，也证明它在暗暗用力。
嚓嚓、嚓嚓，纸听见纸声，有人
在它的骨头上磨起刀来。

剪刀里藏有变幻，也藏有艺术。
双喜临门，百鸟朝凤，草木葳蕤……
倒立的“福”字，有一百种活法。
纸，一次次地镂空自己；
刀，一次次发出迷人的低音。

“有人在离开我们。”离开

是最疼痛的断裂。窗花的脸庞
哭得那么完美。一抹暗光在发颤的花轿上
漂移，带走一条大河的秘密。

苏　绣

百花齐放、鸟雀啁啾，飞禽走兽、高山流水……
许多想法，通过一根针的反复
而表达出来。

在绣布上，笔是无用的。
水墨也是，色线们替代了它。
鸳鸯游来游去，它们修长的腿
摆动着分秒。钟表永不疲倦，爱情也是。
线头散开，涟漪聚拢，呈现的
是一段陈年往事。

乾隆皇帝的龙袍被新时代复制。
绣旧如旧的绣品，从江南的镜框里取出，
展示着时间和地理的神秘。
穿旗袍的少妇在图案中醒来，一脸的小情欲，
她们肯定让一个朝代的烟雨涂抹过。

线，随各式针尖儿走江湖。风浪起，
许多事在光影上漂移。绣娘们把手工越分越细，
答案，也就越分越多。
那些复杂的情节，仿佛触手可及，
又仿佛一无所知。

泥人张

在天津，最好莫碰上他，
否则，他的袖口里，就会多出另一个你——
一个比真还真的假人。

爱去大观楼看戏，戏中人
一不小心都成了他手中的菜。
钟馗嫁妹，麻姑献寿，八仙过海，吹糖人……
戏台上的角儿，被一只手
捏出千姿百态，捏出跑堂嘴角边上那
捂不住的那一声“噗嗤”。

也爱去天庆馆吃酒。
吃酒是假，捏一堆假人是真。
以假乱真，这艺人惯用的手法，
在眼皮子底下被反复使用，
却未曾露出过破绽。

立在桌面，更像是屋子的主人了。
手指轻轻一拨，它们会发笑，会变脸：
慈眉善目的，更加慈善；
狂妄自大者，更加大胆。

泥人，泥人，都知道肉身是泥做的，
但情感却是真的。
当观众散去，它们仿佛是一群无法返乡的人。
面对一条大河的翻滚，
躲在暗处的老唱片，开始旋转起来。

唐三彩

都是些旧物件，看上去很老了。
但我的手指在上面摩擦，依旧能听出
许多低音来。

一群马、骆驼，宫廷女……孤独于世的美，
来自唐朝，一个看不见的地址。
千年深养，它们已不会嘶鸣。
我轻喊了一声，它们没有转身，它们受命于
一个朝代繁华的追忆。

不畏火，因为出身贫寒、寒窑。
一堆土被精挑细选，经由舂捣、淘洗、沉淀、晾干，
脱胎换骨成一种安静的艺术。

艺术让人陷入心醉，也让人支离破碎。
东西再美，但如果被用来殉葬，
这又是一件让人心有不甘的事。

所幸的是，那些死去的人是真的死去了，
而它们却认真地活了下来。

皮影戏

你要说它们是演员，
也没有说错。这些用兽皮和纸板
剪裁出的影子，像极了月亮
惯用的朦胧手法。

你要说它们聪明，也不是
真正的聪明。
它们的言行举止，被一根线
在暗处控制着。

其实，它们都是些地址不详的幻象。
天黑了下来，凭借一束灯光的辨识，
它们的身份才得以被确认。

小时候，我看过北方的皮影戏。
皮影戏替补了我童年的虚空，
也给我埋设下一个阴影，

让我对许多事物的真相产生怀疑。

“切勿入戏太深，否则会被自己迷惑。”
生活中，我们习惯讨好这人世，
一不小心，却把自己活成了皮影戏中
擅于表演的假人。

云　锦

你在天上取样，我在人间织造。
寸锦寸金，每一根纤细的蚕丝都柔顺成
绣娘温婉的模样。

面对一片云锦，
我松开了自己紧张的身体。
内心有了小情欲，
天空，也敞开了怀抱。

每天，它都被墙悬挂，
像一面向上飞扬的旗帜。
张贴在高处——
它让我对日常生活，始终保持着
仰望的姿势。

它像云，富丽，华贵，
但我不得不承认，它又不是云，

它只是一块稍有不同的布料。
这一点点的不同，
让流水的想法，重新有了起伏。

江山如此锦绣，绷在内心的
经纬，你扯不断。

柳琴戏

在苏北或鲁南，他们都喜欢唱柳琴戏。
柳叶被模仿。一架琴，流淌出千转百回，
在夜晚派送欢乐。

心情好时，你可以唱一唱，
寂寞难耐时，你也可以唱一唱。

戏台上，那个唱戏人的影子
在传说中出入。拉魂腔不断拐弯，
动情处，会突然吊高嗓门。

入戏太深，月亮也会泛出浑圆的光。
风来疾，某个唱词总是被手指紧紧按住，
音窗，发出咿咿呀呀的古怪声。

一曲终了，唱戏人卸下妆容。
抚摸琴面，弦也会意乱。镜中事总是让人流连。

柳叶绷紧刀锋，咔嚓咔嚓几声，
许多节外生枝就被剪掉。

唱戏人活在舞台，仿佛
柳琴活在柳琴戏中。他们沉湎于回忆中
——旧戏台如今已经搁空很久了，
那个冤家，始终没有再回来。

虎头枕

披一身锦绣，允许兼有君临天下的大气势
和民间绣娘的绕指柔。

穿针引线，千转百回。
当经与纬相遇，就有了一种难以割开的缠绵。
知道你是假的，而我对你的爱
却不曾丝毫伪装过。

夜，黑成一摊墨迹。记忆的线头
理清了一段，又在寻觅另一段。
油灯下，你我曾相互鼓励，开始相信未来。
窗外的寒星被我们用力推得更远。

有时候，我也很累，我落雪的白头颅
也会与你作短暂分离。
一幅虎视眈眈的图案，依然紧跟着一条河流
漂移，在梦境里蛰伏。

体壮，圆头，硕眼，短耳，硬须，老头纹……
我一直喜欢你虎头虎脑的模样。
动词时不时翻身，世界在守护中入眠，
今生，小镇又多活了一百年。

手　工

指腹上运气，刀尖上发力……
一只手，捭阖纵横。高手在民间频频出招。
世界很大，有时也很小。

小到只有一粒米，一粒米之上弄东西。
有画，就有山水；
有山水，就有鸟雀。动物们是草编的，
但它们不食草。

目光一动不动。声音，也是假的。
立在桌面，它们一直在佯装奔跑，
但不喊累。累，在手上。

中国结，虎头枕，吉祥鸟。那些叮当响的小物件
被运河送来的风吹得满心欢喜。
丫头就要出嫁，红肚兜里藏满针线活儿，
也藏满不安分的秘密。

一只四处张望的麋鹿，正在被錾子
一声声地敲打进搪瓷的釉面。头顶上晃动的树影
被折叠成好看的梅花。

手工者任由时间流逝，没有发声，
偶尔直了直腰，做一次意味深长的停顿。
此时，茧花正经历一场蜕变。
面对一双皲裂的手，
整整一个下午，我都无法说服自己。

杭州剪刀张小泉

大于走钢丝的，是那些在刀锋上行走的人；
敢于在刀锋上行走的，都是些
不怕生死的穷小子。

两肋插刀。月黑风高。走夜路。
天空活生生被划出一道刀伤。
一颗英雄心，无限大。

如果没有剪子，事物是不是都是完整的；
如果没有更锋利的刀，心脏结构
会不会消弭了隔阂。

人间是有仇恨的，因此常会听到："刀下留人。"
但，运河子孙的胸膛盛满的都是善良，
四目怒对时，刀锋佯装不知。

四百年了，冬练三九，夏练三伏。

他把一件粗活练习成了名品，

把自己这个乡下粗人，练习成了艺术家。

陶　罐

高鼻梁，大脸庞，宽骨架，抬头纹……
躲在路边的草丛里不肯出来，怕见过路人。
灰褐色的表情，像又遭遇了一场雨。

其实，它的肚子里曾有鸟鸣居住过，
有闪电来过。它的青春已经被刀和剑掏了空。
我这样想时，它突然抬头望了望我。

回到家时，镜子里的我大吃一惊：
高鼻梁，大脸庞，宽骨架，抬头纹……
我的容貌遗传了它的一切。

哦，那只被草丛深埋已久的陶罐，
多像我失散多年的先人。

漆　器

黑咕隆咚的一只，像宠物
站在我的桌面上，瞪我眼睛。
皮肤析出古色古香，像远去的旧时光。

也有朱红，仿佛菩萨的肉身
被纤手拍打出内伤，或刀片刮出的暗痧。
它们是高贵的，但也有的会假装深沉，
其实，肚子里都是空的。

比如瓶、罐或壶，我想给它倒点水，
让它迅速膨胀起来。
如果是筒具，我想给它插上
各式笔，让它像个文人。

当然还有些是屏、桌、椅、碗、盘……
我想让它们回到厅堂，各自找到自己的位置，
让它们组成一个集体，相互抱团，

一生，谁也离不开谁。

工匠离去，漆器犹在。
我深谙时间失去的意义——
如果一个人不想老去，就把自己
打制成一只漆器，留下些光。

拱宸桥写意

导游说，拱宸桥是京杭大运河终点标识。
圆，长叹了口气，它在句号中终于找到了自己；
上弦月也有了归属，它在残缺中，
抱紧了自己的另一个部分。

一个江南女子在桥上来回踱步，
此岸和彼岸，绷紧了她脑子里一根细细的弦。
她手中的柚子结满星星般的迷离。

晚风把夕阳的糖果递给她，并
扯了扯她的衣衫，她没有出声。
她怕被别人提醒，她斜靠在自己的时间里。

桥下，涟漪继续在扩散。
几枚星星也在推波助澜，把一个个秘密
推向看不见的结尾
——那是一种消失的努力。

观吴桥杂技

魔术是假，但杂技是真的。
一只陶瓮悬在头顶直打转，天空也跟着转，
但白云不会落下来。瓮里的水
安静地躺在瓮里，观天色。

奉吕洞宾为大神。他们是小神。
肚顶、倒立、气功、马术、仿生、驯兽……
眼花缭乱的世界，鸟雀们也目瞪口呆。
放学的孩子，几个跟头便翻到家。
他们不累，旋转的感觉是欢愉的。

我们相信，在目力能及的画面中，
有他们更多的努力，和未知。
有时我们会欢呼、唏嘘，但绝不允许失控。
吴桥人生活在悬念中。悬念是一个
空心词，易不知其踪。

人叠人，越叠越高，向上走，
仿佛我们一直想要的生活。芝麻节节开花，
图案很美。少女们绷紧的线条很美。
此时，我只要你沿树杈慢慢地滑下来，
我只要你落回声音底部——
哦哦，你在低处，我才心安。

运河橹

当我们远行，我们会想到
一支橹存在的意义——我们生活中
不可或缺的手杖。

当它归来，它的影子
又多了一身疲惫。仿佛它背负的
不是浪花，而是人生中的
一段里程。

橹是一条河流的重要零部件。它带动
一个国家，挣脱了地理的束缚。
如果时针不动，危船若老钟会停摆，
漩涡的旧唱片会上锈。

世事无常，时局会经常出现
难以管控的变数。
一支笔在水上不知疲倦地书写——

下笔如有神啊！
粮食、盐和军队星夜加急，
赶赴北方……

如今，它被主人抛弃，搁置于
漕运博物馆暗光处。一条假寐的黑鱼，
陷入自己的沉思中。
——它在思考如何处理今后
激情之后生活的方式。

绸　都

运河水喜欢在镇上穿过，但丝绸
喜欢在女人绷紧的身体上游走。
流动，是它们共同属性。

嗯，只有流动，才更像爱情最初的模样。
一个声音粗大，一个声音细小。但这不妨碍
它们进行愉快的交谈。
水在肌肤上来回滑动，摩擦出
窃窃私语。

丝丝入扣啊。在绸都，如果一半
绕来绕去找不到另一半，
天上的圆月也会着急。街市的灯
会一宿一宿地失眠。

傍晚，夕阳坠落成一枚金戒指。
小镇抖出万匹霞光。群山有晕眩的错觉。

套牢它。一条奔腾的大河，

瞬间，接通一大片海。

铁狮子

在沧州，它是运河上游一段上锈的历史。
腹中有文字，吐出的是心经。

风来了，必须让它说话；
洪水来得急，必须让它大声说话。
许多潮汐，被它碾压在身体内部。

运河边，一个衣衫褴褛的人，
拼命捂住自己的胸口，
仿佛自己是多年前某个难民。

其实，它只是一块有了年份的老铁，
如果在它头顶上敲打，它会回答。
它的卷发被打理出波涛的模样，
背上的莲花，正举重若轻地怒放。

不能把它夸大其词，否则

它会狮子大张口。只有把它缩小，
才有把它领走的可能。

在淮安，一只仿制的镇海吼玩具，
跟在我的身后摇摆着步伐，久了，
它成了我生活中的一只宠物。

钟鼓楼

一个孪生连体儿，被拆解，
一拆为二。但，即使分开，
名字还是被世代叫在一起。

钟楼长有两条细长的腿，
它只顾埋头走路。如果你拼命喊它，
它不会搭理一个无聊的人。
但鼓楼害怕的是寂寞，
无人敲打时，它只会积一肚子闷气。

如果相互忍让，两个不同脾性的人
也是能走到一起的。
钟鼓楼就是例证，暮鼓晨钟——
擂一下，鼓开始入睡；
敲一下，钟开始醒来。

它们的声音也有本质的不同，

钟声清脆、细腻，鼓声沉闷、粗犷。
一个女高音，一个男中音，
但声音里面，有它们交谈的秘密。

也曾遭受过无良人伤害。
那些玩火的人不停地拱火，钟声几度停摆，
又被一个个朝代救活。
牛皮鼓面，那条刀剑的划痕被长期藏匿，
现在，我们找到了它的刻度。

饱经沧桑，但钟鼓楼是讲究诚信的朋友，
我喜欢这样的老友——
秋天去，在风中等我；
冬天去，在雪中等我。

湖　笔

一支笔走江湖，姓湖，籍贯也姓湖：湖州善琏。
笔墨纸砚的棋盘上，它打头阵。

性格多变，像一个朝代的脸。
在湖水上行走——
进一步是隶，退一步若篆。
得意时是正楷，君子们正襟危坐；
失意时像狂草，一帮落魄文人在高谈阔论。

傍晚，有人在小酒馆耍酒疯说孤单。
一片乌云飞来，汲足大湖的胆气，
在水面上发表豪言壮语。

夜临，四周在下降，天空在升高。
一把凌空悬腕的斧子，
拖动着一袭长长白月光的影子，
向流水深处书写。细波微澜

撞破一两点浓墨。柳树蘸着湖水，
水面上，有人完整地描出湖州倒立的影子。

桃　雕

这一只只桃雕，它只是一枚小小的果核。
生长、成熟，自然剥落，被遗弃。
起初，它们并无更大的理想。

由于一把雕刀的左旋右刻，
最后，脸上落满了褶皱，
内心傍着伤。

我的模样和这桃雕多么相像。
内心居住着世外桃源，面容却未能藏住沧桑……
某日街头，桃雕被一群游人反复把玩。
他们用手贴住耳边拼命摇晃，
时间是空的，但我能听见
河水消失的声响。

古　堰

从马头镇到蒋坝，约 70 公里古堰。
不成比例的手臂，七弯八绕，拼命地抱着洪泽湖。
仿佛它的手一松，湖水便会
侧翻，漏出一些秘密。

沿古堰一路走去，数着无数堆积的石块，
它们相互紧挨着，仿佛一只手牵着另一只手。
我知道它们来自不同的朝代，
——最久的那只出生于东汉。

它们肯定经历过很多，比如遭遇过很多锤钎的敲打，
比如挨过无数次洪水的洗刷，
比如它们还可能有过多次绝望。
当我俯下身来，那些石头，竟然被我的双手
摸出许多发白的骨头。

此时，大湖开始起风，雨雪也开始飘洒。

我的身体隐约开始变化。
其中的一片，已在我内心融化。

如今，回望古堰，抖去岁月的雪花，
我仿佛已变成另外一种复杂的物质——
一块被多个朝代打磨过的丑石。
——多年之后，我会不会
和古堰那块石头，久别重逢。

拴缆石

“U”字母被倒立，嵌进无人问津的草丛里，
寂寥的石孔，瞪着落日的眼。

拴紧了缆绳，万物才不至于恍惚。
放跑了流水，船枯寂的影子，人质似的
被永久性扣留在岸边。

石是丑石，但忠诚、可靠。
凝视它，现代生活中那些慢慢消失的可贵，
正沿途返回，扑闪出
迷人的光。

没有人比它目睹过更多来回奔波的艰辛。
绳子扣在石头里，仿佛一种命运
被另一种命运扣紧、套牢。
很多往事都已疲倦，我们无法将它
渡回尘世。

如今，它被潦草的枯黄深埋，
表情疑虑、固化。它已不愿
与人言语交流。跑船人都早已离开了，
过于巨大的问号，无人应。

是的，松手。只有松手，
船才会和岸分离，拴缆石才能听到
流水带给它的，另一种脚步声。

运河灯会

对于河流而言，灯是有用的。
月亮的功能被天空几近用完，才被人间
捞起，锻制成一种商业活动。

天上的灯只有一盏：白月亮，
地上的灯就多了：红的、黄的、蓝的……
它们眨眼、暧昧，彼此讨取欢心。
但白月亮只专心于在天上
制造孤独的绵长，它不负责派送快乐。

观灯展，各式仿古发亮的圆，高调出场。
浦楼对面，热闹声此消彼长。
涂过漆的脸忽隐忽现，像个古怪来回游荡，
——某个王朝的悲喜剧，正在灯光下
被仿制，轮回上演。

大闸口，一位少女倚在灯柱的背面，她陷入
自己编织的情节中。

她不愿转身——
仿佛她倚靠的不是一树灯光，而是
灯光给出的树的影子。

关于灯和灯会的理解，我们的认知
存在着略多的局限性。
——也许月亮的主张是对的。
有时候，我们反对的并不是孤独，
而是生活因过于激烈晃动
带来的某种不安。

扇与伞

在杭州，扇和伞是有出处的。
两大博物馆，在一开一合中相互作用。
因为一条运河的经过，
馆内，各式扇伞拼命地呼风唤雨。

安静的时候，它们像一对名词，
悬挂在各自的峭壁，彼此张望。
一个恶浪打过来，伞柄迅速撑开肋骨，
扇子也从袖口频频出动。
伞与扇首尾呼应，合演一出旧戏。

桥西文化街区，油纸伞和羽扇走过的地方，
我终于想像出了许仙和白娘子的影子。
古怪的传说一直跟在他们后面，
拖曳着白月光，像一个来历不明的潜伏者。

伞与扇，这一对江南的小情物

在杭州城到处显摆身姿。
戏台上，越剧正咿咿呀呀拉开大幕，
那个手持折扇的人将自己不停摇晃，
一会儿入戏，一会儿又出戏——
起伏的剧情有些把持不住。

下午三时，雷电突至，伞和扇哗啦啦全部打开，
一群打盹发呆的老槭树，侥幸躲过了
又一个朝代风雨的暴打。

拔根芦柴花

一根芦柴花就是一根白，
两根芦柴花就是两根白。

一堆芦柴花就是一堆白。
一堆白就是一场想哭的雪。一场大雪，
马上要在秋天降临。

拔根芦柴花，大雪就粘满我的手。
一堆芦柴花在水上漂走，
运河一夜白了头。

拔根芦柴花，白头的芦柴花
多像你——那只会跳舞的白狐。
“白狐白狐快逃呀，你这个被打散的小冤家。”

民歌被传唱，故事被修改。
在里下河，我和一根芦柴花纠缠不休，

我被涂白，我也是一根芦柴花。

从里下河回来，
我将一根芦柴花插在了书桌上的花瓶。
灯光下，两根芦柴花相互凝视，
仿佛都想急于说出内心的雪
——那个尚未被表达的部分。

参观大运河非遗展

某日，参观大运河非遗展，
南北民间艺人扎堆亮相里运河畔，
河流的安静，瞬间变脸成竞技场的闹腾。
结艺、锻艺、瓷艺、锡艺，
桃雕、核雕、蛋雕、水晶雕，
苏绣、锡绣、汴绣、乱针绣……
北京景泰蓝、天津泥人张、淮安十八翻、大丰吹糖人……
这些各式技艺，来自民间手指上的尖叫，
来自艺人常翻常新的绝活。
它们沿一条运河走到这里聚会，不分彼此，
这多像一大家子人。
卡包，手链，布艺，铜镜，香囊……
这些久违了的手工物件，瞬间把我
带回到童年某个时光。
这些年，时间总是打滑，竟跑得这么快，
许多事还没有记起，就已经被遗忘。

是的，我终将消失于尘世，但这些物件不会。
想到百世流芳这些永久性词语，
我像一粒流沙开始恐慌。

第二辑

历史的镜像

天下粮仓

都是被叫得很旧的名字，
但它们的胸腔都很大。如今，被风改动，
夜晚，乐器一刻不停地响。

很多年了，稻谷和兵器被雪藏。
战争说来就来了，画上的士兵们在仓外来回走动。
乐器发出古怪的声音，盔甲和刀戟
挡住一些寂静。手中的灯光
又泄露了一小部分。

仓是安静的，像名词，
但粮草和兵马一直在运河上奔跑。
南新仓在北京呼喊，
富义仓就会在杭州急急回应。
——打仗亲兄弟，它们是一对
隔省而居的孪生。

战事随运河的水律动，
战鼓声、喊杀声、哀嚎声，扩大着音箱的肺。
夕阳在漕船上涂抹大面积的红。

天下太平，乐器的发声太过空旷，
有人努力把自己的影子从更深的朝代拽回。
如今，仓是空的，时间也是，
历史上许多伟大的事件总是一滑而过。
遗址，只是替它活着的符号，
在顾盼中，兀自绽放。

漕　运

如果一个国家没有暴打另一个国家
的野心，如果毛边的疆界
没有被撕裂之忧，邗沟会不会被开凿？
京城和余杭会不会被南北接通？“漕运”这个词，
会不会被后来的句子使用？

一船船粮草和盐正抓紧运往北方，
战事吃紧，解说员的音箱里装满了铁蹄声喊杀声。
漕运博物馆内，大河的咳嗽声此起彼伏，
封建帝王的哮喘病持续加重。

在漕运总督府旧址，石狮们被时光
放牧成一件件观赏物件。如果在秋风中
坐得太久，月亮也会孤独。
此时，月亮被粘在天上，月亮是天上的运河，
将古往今来那些无法梳理的人和事
运来渡去。

光阴如幻。高铁从运河身旁呼啸而过，
又一个时代到来了。
地图上，淤堵断流的河道一路上结结巴巴，
仿佛想说出自己不甘的命运。

西津渡

都是些遥远的事情了。即使派出一个
船队出去寻找，也找不回你转世的景象。

相比较渡口，我更喜欢戏台。
渡口空旷，古代的风浪一个接着一个刮过来，
说书人的话题，丝毫没有被减轻。

相比较回忆，我更关注现实。
回忆是一根细线，随时会断裂成此岸和彼岸。
用条石铺一架结实的梯子，接通蓝，
天空正以我为中心形成风暴。

下午五点，古街有琴声传递过来，让人心猿意马。
淘古的人陷进时间深处，抽不回身，
他是不是把自己当成了故事中人。

我相信，在尘世的起折转弯处，

都有一个虚无的渡口。
渡日，渡月，渡内心的流水。
那些空旷的部分，像一个空怀抱，
发生的情节，已被时间取走。

运河钞关

夕照临清，夕阳就是一枚
急红了眼的银圆。粮草、布匹、瓷器、香料，
妓女和嫖客……不分正面和反面，
只要银两足够响，一律开关放行。
——钞关是喂不饱的守财奴。

运河之上，船是个有肚量的大先生。
从北到南，从南到北，
受尽了颠沛流离和委屈。但船是个
明白人：走天下，没钱怎么行？
——船总是原谅贪婪的人。

不远处，火车在奔驰，
运河被抛远，地平线不停地在发抖。
我凝视过那嘴巴紧闭的朱门——
一张年代久远卷起毛边的旧钞，
不甘心接受奇异的寂静。

古末口遗址

邗沟落笔至此，就收尾了。
南方粮草和军队由此转乘，开始北上。
古末口是一个绳结，大运河始终绷紧
一根起皱的弦，证明它的存在。

一个朝代又一个朝代的将士安营扎寨在此，
古末口是一个国家的心事，
在一管喉咙里翻滚着，反复叙述着
结绳记事的复杂性。

许多嘈杂声都被风埋进了风声里
梁红玉的鼓声在不远处的戏园子被擂响。
动词躲在名词后面，仿佛
鼓声躲在兽皮里。

凉亭内，鸟雀们在相互讨论野史。
有人在说话，有人在回忆，

有人沉迷于音箱里歌伎的琵琶声。
上半阕在回首，下半阕刚起笔，
河水流到这里，是对一首词的结构
最完美的小结。

盐运司

把海水拿掉，只剩下盐。
再把盐拿掉，那方破旧不堪的盐运司，
也只能剩下一只空皮囊了。

当我用手轻叩它的旧骨头，
那么多大小船只，便从寂静中缓缓驶出。
白花花的盐开始出场，
水面闪着一片片鳞光，灼热感在增强，
像一个人的抵抗。

不远处，有喊杀声被关进音箱，
盐，经由盐运司，从南方迅速调运北方。
战事吃紧，盐是另一种子弹，
它会日夜奔跑，
两岸，一群人慌张着跟着跑。

仿古建筑显得太老了，

那年冬天，我千里迢迢赶到山东拜访它。
积雪太厚，仿佛已在它的身上
落满几个世纪的白。

水　工

水工的职责在于，把四处逃散的
水兽加以有效管控。把不听话的，教育成
听话的……他们的意义，与
驯兽师大抵等同。

生活在大地不平坦部位，
也行走在图纸上
铅灰色的麻线团中。落笔深处，蛰伏着
惊天骇浪。

他们是匠人，匠心独运。
民工被他们结集指挥，流水被他们跨界调动。
起承转合，在掌心游走。他们有
人间最好的统治术。

与水打交道的人，其实都是
大神，他们的内心

流淌着千万条沟壑。也有一些
被散漏在大闸口额头——
曲线抖动，像木刻年画一样局促。

“水善利万物而不争。”
“如果善待水，水会懂得报恩，会
报以一瓢饮。”

里运河畔水工科技馆内，
一群水工搂着大地，而运河水
用自己腹部的柔软和明亮
贴着万亩稻菽，一抱紧，再抱紧。

鲁运河

大运河兴冲冲跑过河北，
跑进山东时，便遇到了仇家。
黄河举起一把上了锈的斧子，
挡住了去路。它将运河腰斩两段：
鲁北运河和鲁南运河——
这可是公然谋杀事件啊，就连泰山也看不过去了。

云笑了：人到中年，还有啥看不过去的，
人生在世，我早已习惯了被暗算，
河水偶尔咆哮，它只是悄悄宣泄一下
内心的淤积而已。

连神都明白，万物皆有艰难。
运河被困于山东，我见过它的背影，
它固执、奔突，也大声呼救。
有时候，明知未来无期，
群峰还是要踮起脚尖眺望一下。

我也有过这样的时候，我在下游江苏不住地喊它，
鲁运河竟意外地跑进了我的体内。

沧州镖师

把命与水相互绑定。
走镖人双脚踩在水上，内心的江湖
被漩涡一次次套牢。

人入睡，刀假寐。
威风凛凛。走镖人借助迷人的刀影，
把生活过得风生水起。

他开始动身了。
除了刀，他的手心里还藏有：
八极拳、六合拳、拦手拳、迷踪拳……
月黑风高，半山腰上老槭树
斜着身子溃逃。

一船货物，被安然无恙地
送至客户手中。画押，确认，然后另一处揽活。
一队人马，蛇一样游走，然后归来。

也有被截镖的：一种武艺
落败于另一种武艺。

有道是“镖不喊沧州”，
但镖行讲究的是：和为贵。
能抱着沧州走天下的，除了运河，
还有沧州镖师胸怀的宽阔。

古纤道

一条水上的石板路，沿着
浙东运河的走向，固执地向前行走。
时间再老，也不能将它们拉回头。

跟着它走，我也不想回头。
回头的路已被别人千万次走完。
一只船始终跟在了身后，不离不弃。
穿过一座拱门桥，半圆的戒指，
已将此生套牢。

如果低下头去看，纤道也是有
很深很深皱纹的。如果再低下头仔细辨认，
纤道也是有神迹的。

那些模糊的景象，被早年的一双双脚镂进去，
又被后来的无数双脚抠了出来。
受伤的脚印，已久久不能愈合。

如今，纤道尚在，纤夫早无。
亮化的运河水面，一条被多个朝代用旧了的绳子
努力起伏着，仿佛一个垂暮老人
不愿承认垂暮也是死亡的一部分。

纤夫村

在这里，绳子找到了主人，
主人找到了抽打自己的鞭子。

生活，仿佛有点痒，还有点咸。
号子声被绷直的喉咙直接抛出，
忽高，忽低；忽悠长，忽短促。
脚被烙在脚印里，
嗓子疼在嗓音里。

其实，船才是村子的主人。
河流在肩膀上抖动曲线，
弯曲的影子，被他们一年四季反扣在身上。
不卸下。是的，束紧它，
如同用力束紧仇恨。

他们懂得不松开的意义。
“也有活活累死的。”故事讲到一半，

弦突然断了。解说员摆了摆手，
做一个意味深长的停顿。

此时，神农溪正缓缓流过，仿佛
挣脱的大手，将纤夫村
进行松绑，松开那个如释重负的勒痕。

镇水牛

肉身是金属铸的，但不会转动。
从内到外，其实都是假的。越假的东西，
往往越能吓住某些真。

河水是最不讲道理的古怪，
随时都会欺负人。
它袭击的目标，可能是模糊的村庄，
也可能是不确定的人。

在运河沿线，哪里有水，哪里就有
镇水牛哞哞的叫声。它们大口喝水的声音
始终大于河水滚动的声音。
竖起来的毛发，从没放弃过抵抗。

某夜，镇水牛的尾巴在窗外拍打着河水，
母亲用手在油灯下拍打着我。
而我，悄悄地把脸

扭向了别处。

天气预报说，明天又有暴雨。
镇水牛迅疾昂起头，伸出闪电的犄角试雨。
——哦哦，只要你在，人间便安。

光岳楼记

傍大运河而生。数百年了，
它活在自己的寂寞里，但它不知道自己寂寞。

它的肉身是木头做的，
所以，它已经不是楼阁，而是一座森林。
它有内在的历史纹理，
它的腹腔能倒出许多花草和鸟鸣，
以及千年淤积的运河水。

它比人体构造更复杂，
藏满劳役、呻吟、烟火和急急的鼓声。
它的骨头灰暗，从不明亮，
喘息声带有风声，
目光，一直凝视着比远更远的远方。

它的肉身是木头做的，
但我相信它的内部有大面积的光。

夜晚越黑，它越想表达。
大风刮过来的时候，骨头里长出来的叶子
全是火焰的模样。

运河三湾

把短抻成长，把直折成弯，
把弯弯的水路手绘成三节羊肠的模样——
河工们的技艺被肆意演绎。

有了足够的水，船才能活下去。
只有水，才能让沉重的帆骄傲地抬起头，
让万物重新找到了生。

在扬州，如今，运河三湾的景象，
被早起的朝阳涂抹，被鸟声的清亮扩大。
绿化带、健身步道、游园……一切都被绿重新安排。
如此安静，船工们也缩短了嗓门。

而这一切，都缘于水。羊肠里
灌出的水：甘美、肥沃，懂人情世故。
模样是弯，心肠却是热的。

当我们回望三湾，人生许多境象
莫不如此。蓄满它，
张开的怀抱里藏有苦难，也深怀柔情。
让我久久不能释怀的是——在那个狂暴的年代
它该用去多少力气，才得以脱身。

梅花岭

梅花岭深藏着一个人的单衣，
离开衣服的那个人，把骨头遗落别处，
给岭安放一个空白。

岭下的石头，是屠城时
滚落下来的脑袋。它也在寻找
那顶戴过它的盔冠。

公元 1645 年，扬州城
真的被杀戮空了，空得只剩下
一个人的单衣。

身旁，南下的运河，
提拖着一把浑浊的钝刀急急折回头，
它哀怨自己，来迟了。

隔着一朵梅花的距离，

我触摸不到那被剥离的体温。
体温，留给了危朝。

单衣沾血，梅朵炸裂。
从岭上走下来的人，
像史公，个个都带有血气。

注：梅花岭，史可法衣冠冢埋藏地。

河下镇

一条石堰横着，它将洪水挡住了去路，
运河转向，掉头去了东南。
水在上面，船兴奋；
镇在下面，河下安宁。

夜色有些模糊，但老街油光发亮。
历史通过我而拐弯，一群失散的人悄悄聚拢过来——
吴承恩伏案苦写，曹雪芹改行开店；
红玉苦练击鼓术，刘鹗把脉救苍生；
盐商们则忙着搬运星光……
他们与我相互挥手，瞬间，又消失无踪。

炸茶馓，腌酱菜，卤臭豆腐……
河下女有兰花指，无绕指柔。
影子发旧，几个穿长衫的文人被夜晚瓜分，
喝大酒，论古今。时间显然失效。
飘摇的身体，搁浅于迷幻的码头。

早晨，公鸡会按时打鸣，口技绝伦。
状元楼，淮剧演员凭栏吊嗓子。
一口气绕了几圈，不歇脚，让人好生担心。
“花开得意人言美，花落凋零无人怜。”
胡嘴巷，弹词伤情。如果寂寞了就哭一哭，
如果爱了就莫回头。

窗外，暴雨时不时折叠出风浪，
但人间有大神：不管世道做如何变故，
日子总能被他们搅动出欢愉。
月亮让檐角挑在半空中。它在凝视，有些景象
已被它暗悟出一种道理。

河水哗哗不停地交谈，但许多事
只能发生在语言之外。
大年如期而至，老街再次闹腾起来，
它嘈杂、不安、晃动。绝联被贴在墙上一挂多年，
无人对。河下陷入越来越深的谜……

积水潭

模样，像一块毛边的煎饼。
一路向北，大运河深一脚浅一脚走到这里
就停步了。潭水在原地不停地打转，
波光，迅速解散了自己。

积水潭腹大，像是一只大象喝了太多的水。
往事被锁在深喉，一滴水的幻影里，
身披黄袍的帝王在和一群将相慌张讨论国事。
夕阳像一金币滑落水底，
一只鸟被惊飞，然后消失。

我没去过积水潭，但家门口的运河水
替我去过，那些船替我去过。
它们返回时，告诉我历史的真实性。

流水，总会淘去多余的沙子。
如今，纸上的潭水平静，不愿再回忆过往。

柳枝摇摆，很多事情被风管控。
码头虽已消失，但
潭水之外的传说一直在晃动。

粮食门

深喉紧锁，嗅出南方雨水的禾香，
才会打开假装森严的面具。
走粮车没日没夜嘎吱嘎吱地响，骨头架散了，
朝阳的大口全能吃下，缘于——

京城有九胃：禄米仓、海运仓、新太仓……
哪一个虚空，都需要不停地填食，
才足以满足。宫内觥筹交错，
而黎民正在受苦。

据说，一块石头，如果
背负的东西太多，它也难以挺起胸。
门内，那束谷穗贴着石头生长多年，
仍然垂着头。

守门卒士一身盔甲，模样怪异，像个恐吓者。
哐啷一声，城门开了，有人

听见河水隐隐啜泣声；
又哐啷一声，城门合上，
有人死死咬紧牙关。

回声犹在，更多的人站在门外猜测门内的幽暗。
如今，门已被改变用途。
阳光降落到低处，时光才会退回寂静中心，
慢慢显影出草垛般孤独。

注：北京朝阳门为漕粮进出门，被称为“粮食门”。

神木谣碑

皇木厂，一块巨石，长期替
两个东西站立：阴沉木和七言诗。
流水流走多年，碑活着。

木是神木，它生活在我们
想象之外。快活林里，讲古的人重新把它
拉回人间，试图救旧山河。

“雨淋日炙风吹敷，枝干剥落摧皮肤。”
木头被暴打，神在隐忍。
但，字一直未动。书写者的袍影
隐约翻动于寂寞中。

皇帝陵突兀，地平线断裂。
三尺之外，朗读者在凝视，目光死死盯着
生活的正面，仿佛想从远影的消失中
抠出一点点启示。

很多稀奇古怪的事被雪藏。
轻轻叩击，手能听见虫子在木头内部
挣扎的叫声。
——碑石之上，积尘迷离。
金丝光线跳跃不停，仿佛急于等待
又一位游人莅临。

注：神木谣碑位于通惠河边庆丰公园内。

广济桥

一头貌似大象的怪物，长有七个鼻孔。
兴许假扮成这样，它才能汲下运河送过来的
足够多的浪花。

站在水里，几柱桥墩迈开粗壮的腿，
死死抓住地球的轴心。
河水时刻在流，但身子架始终未动——
它在保持事物的稳定性。

五百年了，就是骨头也会上锈。
虽然被反复修理过，但依然保持着一如既往的旧。
东西越旧越好，可以让我们不断
追忆多个朝代的秘密。

在画册上，我曾偷窥过这尊有年份的古董。
它背驼、憨厚，像一个老实人。
那么多的脚印从它后背踩过，它依然一声不吭。

夜幕降临，当它把大面积阴影投放在水面时，

我能感知它饮下了多少吨爱恨情仇。

清江浦花街记

花街花儿多：红的，黄的，白的，橙的，紫的……
花花世界，人头攒动。人头是黑黑的蚂蚁，
是花丛中一粒粒会移动的米兰。

花街花姓多：花灯，花船，花篮，花扇，花伞……
花花，哗哗。它们不断制造出声音。
相互争论，又相互统一。

花街花事多：绣花，种花，养花，卖花，写花，画花，
赏花……
这里，静大于动。很多事物是辩证的：
它们在静中隐忍，也从静中获取。

史书翻动，嫔妃们从镜框将自己取出，
康熙、乾隆在玻璃门后摆拍观花海，
一代奇女邱心如临街视频《笔生花》……
那些舍舟登陆的商贾富豪，

那些文人墨客，以及英雄、强盗和嫖客，
在我们目力不及的地方，走动着、狂笑着。
他们无法落进我们眺望的窗口。

如今，这仿古的街，正被新一轮油漆涂抹着。
王二花花店里，一簇仿制的绢花青翠欲滴，
它们拼命地摇晃着身体，
试图找回旧时的繁华和光景。

竹竿巷

在山东临清，竹竿巷到处摆满各式竹器：
竹耙、扫帚、鞭条、筛子，
竹帘、竹篮、竹筐、竹篓、竹几、竹椅、竹担、竹杠、
竹笼屉、竹筷、竹牌，
还有竹鸟花、竹呼哨……

竹器是临清人的粮食，但竹料是运河从江南千里迢迢
送来的。
山东人直脾气，说话做事一竿子撸到底；
临清人重感情，就像这傍着运河而生的竹竿巷，
从来都不会忘记，一节一节
回报运河水的恩。

第一山

“第一山”是米芾留下的三颗黑痣，
不高，被挂在苏北盱眙县城的门楣上。
我想把它们一粒一粒摘下来，
然后，赠送给经过运河的人。

那流动的“一”字，好似女性身体
弯曲优美的线条。一些刻字工，
将这美人的蛇腰，到处张贴。
在春天的封面，显摆他们的手艺。

我们开始练习写字：
左一撇是风，右一捺是雨，
浑然一体的是电闪雷鸣。
米芾突然被大宋朝砚池的浪涛惊醒。

被惊醒的，还有不远处的运河水。
声声慢，分分秒秒地计算着

南山的早晨和黄昏。

碑，天地间高耸着，有些摇摇欲坠。
一些石块慌乱地赶过去，拥挤在大运河的脚跟，
正努力地将它钉牢扶正。

青果巷

青果巷有着老时光的旧迹。
喉咙，吆喝着繁复的咕咚。

水上人家的天空是安静的。
这里，不会碰上磕磕绊绊的糟心事。
除非出现一条蛇的惊悚，
水中的青瓦白墙，才会有小幅度的晃动。

柳影绰绰，日影迟迟。
一条鱼叼着落日就钻进了水底……
我独爱这水墨的生活。
九巷八宅，许多桥已经把道路接通，
等待船，将往事摆来摇去。

青果巷也在等，等一个人走进自己的内部。
它有足够的耐心，像一枚青果，
等待青涩慢慢褪去。

嫡祖树

它死得很慢，漫长。
如此恒久地站立，它是不是在思考
人类长寿的意义。

在山东，我见过那些大神：
他们不断植树，
不断地让树喝水怀孕。
他们喜欢看一棵树
不断发育、丰腴的样子。

一种植物，被催生出
那么多脆皮的孩子。
数百年了，树身被风刮出腰间盘突出，
但依然长发齐腰。

有些秘密，连自己也不能察觉。
某日，嫡祖树俯视大地上一团浓浓的绿荫，

它竟被自己青春的影子
吓了一跳。

清口枢纽简史

这是一个密码，暗藏着运河内部的肌理。
当黄河夺淮，吐出的泥沙，阻断一个朝代的前程，
当黄、淮、运在淮安清口莽撞碰头，
漕船，该如何破局？

就连国家也着急了。
“河务”和“漕运”被康熙书，悬于宫中廊柱置于座右。
六下江南，六到清口。工于研究。
清口成了大帝的一块心病。
——这个心细的好皇帝，
即使“小处地名”也不曾放过。

潘季驯，这个骨头经常被敲打出水声的士大夫，
太懂得水的脾气了——
“束水攻沙”“蓄清刷黄”“保漕济运”，
这么大胆的想法，河神也不会想到。
一个人抱着一条大河奔跑，

没有人知道，他身体的内部
裹挟着多少雷电和波涛。

披星戴月，水工们在大地上不断修改图纸。
筑坝、建闸，68 公里高家堰被抬高，
遥堤、缕堤、月堤和格堤被抓紧垒筑、连接、加固。
淮水掉头向北，黄河泥沙被洗薄。
漕船开始了重新奔跑。

公元 2013 年，世界遗产委专家实地考察。
他们惊叹于水动力学、水静力学、土力学、水文学、机
　械学等多学科原理
在数百年前如何糅合发力；
还吃惊于水流制导、调节、分水、平水被如何综合运用，
密集、多样、复杂，环环相扣啊。
一个疲惫的朝代用自己笨拙的手势，在清口
打出一记古代运河最高水利技术的响指。

秋天的下午，我走在空旷无边的废黄河边。
此时，夕阳正好，我和一条发枯的影子被披上了金光。
清口碑肃然，而我不敢妄念。
历史悠长，人间辽阔，时间也放慢了脚步。
一个明亮的遗址和一个落败的诗人

重逢，交谈，相见欢。

注:清口枢纽,位于中国运河之都——江苏省淮安市境内,在其 49 平方公里的范围内分布着 53 处各种类型的文化遗产。清口枢纽历史上处于黄河、淮河、中国大运河三条河流的交汇之处，是中国大运河上最具科技含量的枢纽工程。

造船者

造船者起初不知道自己是
造船的，只是刀斧完好的臆想
大于手工的管控。

胆大，一座森林被伐倒。
板闸遗址公园，他们劈开木纹，
像劈开一团没有方向的流水，然后
再一锤一锤装订、缝合。

观天象，有人把
月亮从天空取出，放在水面。
有些东西开始晃动，
弧的轮廓，慢慢显影……

学会了漂泊的技能，
许多愿望开始蠢蠢欲动。
他们热衷于在上下游之间反复游走。

身后，背负一生浪花。

水工科技馆内，造船者立在
船舷一侧。双臂垂下，他们假死多年。
大船大幅度摇摆着，仿佛一块搁置多年的老木
被残留的手温触及后，
重新受到鼓舞。

——我们熟知，波涛曾来过这里，
遗忘也确实存在。
现在，我们只研究回忆，
不讨论永恒。

第三辑

涟漪的线头

与运河为邻

与运河为邻，即使夜晚再广大，
我也不会寂寞。书桌之上，有那么多
帝王将相、文人骚客、行商坐贾、江洋大盗……
他们身着古代服饰穿越而来。

他们都是我运河村的村民，
喜宫斗、善吟诗，喝大酒、劫金银……
我在多个朝代里自由出入，
与先贤相谈甚欢。我喜欢自主择业——
想做皇帝，我就是夫差或隋炀，
人总要干出点能让后人记住的事；
想保家卫国，我就沿运河北上至大宋，
向巾帼英雄梁红玉学习击鼓术；
作为一名公务员，我必须努力官至漕运总督，
兵马未动，粮草先行啊；
想见杜甫，我就模仿成唐朝诗歌爱好者模样，
随他一起颠沛流离，然后留下千古诗名。

我鄙夷一切卑躬屈膝者，只有挺起肋板，
才不辜负运河子孙美名。

与运河为邻，我低调、寡言。
运沙船从夕阳里穿过都是金子，陶罐留在水底都是文物。
舱中鱼虾、两岸稻香和万亩良田，
以及向上生长的炊烟，它们都归我所有。
我是富有的，但决不炫富；
我春风得意，但决不轻狂。

与运河为邻，即使真的孤独，我也不说出孤独。
许多语言遗落于腹中，但它不会死去；
一条影子被埋在夜里，你要相信它会被唤醒。
我喜欢双臂抱头枕着涛声入睡，
呼噜声里，我的体内就多了一条运河，
哗啦啦的河水在骨缝反复敲打，
从古代的京城一直流到如今的杭州。

我爱一切微小的事物

我爱一切微小的事物，
比如又白又小的米粒，
比如比米粒更微小的蚂蚁，
比蚂蚁更微小的一粒尘埃。
越微小我就越喜爱，那些小得用肉眼
看不见的水分子，以及随运河流水一起
消失的背影，是我的挂念。

我还爱许多小人物，比如在运河边长年烧窑的父亲。
他瘦小，是这人间最微不足道的一粒，
神的掌心里，他卑躬，屈膝，胆怯……
他衰老沧桑，却始终抱住命运的大衫，
不放手。运河的大风大浪
在他的炉火里反复淬炼，就有那么多
跳动不已的浪花，被他淬炼成
千堆更细更小的雪。

站在他落满补丁的肩上，我像一只茫然的小鸟
显得更加微小。如果我还能
纵身一跃，我是不是大运河一粒最勇敢的
微小事物，它的一点小骄傲。

大运河边，忆及那堂地理课

大运河在我居住的门前日夜流淌，
缓慢的流水拍打着我人生的起起伏伏。
耳鬓厮磨多年，我却对它不甚了然。
面对四季淡然盛开的浪花，我幡然醒悟——
哦，它是如此开阔、坦荡、安静、包容……
某日，我孑然走在河边绝望地痛哭，
才发现体内拥有一条大河是多么重要。
开阔、坦荡、安静、包容……忆及多年前的地理课堂
　上
王竹青老师不啻一次地引经据典，
哀叹人世之多艰：
李白流放贵州，杜甫弃官入川，王安石屡遭罢相……
“人的内心要掘出一条大河，理想的鱼才能活。”
可每一次告诫，都被年少的我们忽略。

缓　慢

运河人家的时光是缓慢的。
两条暗红色健身步道，在运河两岸
一路小跑。运河水也跟着小跑。
不着急，它们都有一副好脾气。

跑过大闸口，八亭桥就给运河打了一个结。跑过二河弯，
越秀桥又给运河缝上一颗对襟纽扣……
一路小跑，纽扣越缝越多，
很多泛滥的想法就被一个个结扣得更死。

在河下古镇，一对小夫妻正在吵架
他们越吵越凶。运河从他们身旁经过，
瞅了他们一眼后，继续向东流去。
漫不经心的脾气没有被丝毫改变。

长河落日

驾车在淮安二环高架上行驶，俯视运河，
突然感觉河水并不那么柔美。
它的长袖拂出一柄长长雪亮的刀子，
将淮安城瓜分成两半，一北一南相望着。
此时正是黄昏，落日一不小心掉在了
时间的刀口上，一只灯笼熄了火……

里运河一侧的文化墙上，那些
死去多年的先贤又活了过来——
白居易立于船头放声诵《渡淮》，
刘鹗伏案疾书《老残游记》，
康熙帝赋诗《晚经淮阴》说美景……
一盏盏纸扎的灯笼又被依次点亮。

其实，这些檐下的灯笼，和我见到的落日
并没什么不同。它们悬挂在空气中，
一样的寂寥、落寞。

吴公祠堂，一群美术学院的男女学生
正在临摹一条大河的背影。
长河落日的景象被他们描写得栩栩如生。

刻舟求剑新解

行船大运河，我随身携带的一本咏运河诗集，
突然被风刮了个趔趄，掉入河心，
我在船舷一侧来回寻找，仿佛自己
是那个可笑的楚人，仿佛时光
又回流到了春秋战国。

所不同的是，楚人丢掉的是剑，
而我不是。剑不会随船走动，但诗句会，
被船劈开的一串串浪花会。

泊船河下古镇，我被窦娥巷的柳浪莺声召唤。
低首瞬间，发现我的衣衫湿了。
那些水痕，那些发旧的影子，
以及 2500 多年忽明忽暗的运河史，
已悄然写在我的衣衫之上，一同跟上岸来。

流　水

家住运河边，可以免费倾听流水的声音，
久了，越来越领会到时间一去不复返的内在意义。
总想请一座座桥墩抓住自己，
最后桥墩还是站在原地未动，水还是奔向大海。

我是一个志大才疏之人，一直想抱住这世界的广大，
最后收获的都是攥不紧的流沙。
几只鱼虾跳来蹦去，却始终蹦不出
运河扔出来的漩涡。

更多的时候，我就是运河边的一块丑石，
我没有翅膀，飞不到更高的天空。
我只能在地面上假装飞翔，
一些云在我身边落下，
它让我的欲望仿佛有了一点高度。

我有越来越渺小的烦恼，

像水面正在融化的雪，所剩无几。
事实上我已经所剩无几，
可我一直在努力，在流水的呼吸声中，
试图留下一个背影，拒绝时光，
缓慢地将我取走。

中洲岛

一条大鱼伏在运河的腹部，不动，
风吹，也不动。这沉默的个体
在波涛中找到了存在感。

天空说，这条大鱼一直假死着。
面对风雨雷电的坏脾气，
它从来不移动半步。

当它缩成一团，它就处于
风暴的中心。浪花袭来，
它有能力处理好内部的涟漪，
且不留痕迹。

岛上杵着个人，像斜插的一支棹。
它在河心画画，画落入河中晃动的云，
画被抽去了声音的空山。
身旁，流水不疾不徐，仿佛时光慢。

秋天，船和船们一起去了下游。
有人已经察觉出：作为一种守候的情物，
石头也有掩面而泣的时候。

季羡林先生纪念馆

那么清瘦的背影，如果放在河水里，
就是一只墨。如果风来了，
墨，会被水吃掉。

面前摊着本大书，他坐着不动，
仍旧孜孜不倦的模样。他起身的时候，
书页也跟随着他哗啦啦地响。
学生们张开耳朵，想打捞点什么。

此时是临清的早晨，
我和先生之间只隔了一层雾。
立在运河畔，那一尊石头做的大房子，
藏有许多谜。你说的那个谜，
谜底，至今无人揭晓。

那石头也是瘦石，越瘦的东西，
往往越能藏住更多的秘密。

就像这三千年的运河水，瘦瘦的，弯弯的，
爬上大师的额头，就是国学。
那水拍打着石器，一浪一浪地，
发出迷人的低音。

上午九时，纪念馆大门被徐徐打开，
一架灰色的空楼梯在等我攀爬。
那空楼梯也是瘦而长的，
我知道的，那条瘦骨嶙峋的山路，
将用尽我一生的光阴。

过淮安大运河桥

画在空中的抛物线是优美的，
从此岸到彼岸，晕眩感不断增强，
离心率却没有发生变化。

凭栏处，远眺、俯视皆好。角度宜观
世界一隅的敞亮，也宜看河水
扭头折向东流的模样。

每跨过大运河桥一次，都仿佛
一次自我求解的腾云术。
……风吹过，其实，桥从未抖动，
万物也从未抖动。抖动的
是我们内心的颤音。

绷紧一根缆绳，拖出地球的切线，
坐标轴嘎吱嘎吱转动。
傍晚，夕阳将光影不断扩大，

夜色，又用力抹去一切。
这人间的缩略图，正不断变脸。

“君住桥南，我居桥北。”
桥头，说书人在不断制造悬念。
群山半推半就，接受了白云的反复劝说。
月亮被粘贴在半空，这银打的戒指
马上就要落下。运河迅即打出一指禅手势，
它要将这幸福稳稳托住，不松手。

注：淮安大运河桥的形状神似一枚戒指，夜晚在灯光照射下熠熠生辉。

月 河

我是黑暗的，我一直在寻找
一条浑身发光的河流。

在嘉兴，我如愿以偿——
它一直生活在水里。
低首、沉默、孤独。我见过它
披头散发的模样。

一个晃动在水上
不规则的发光体，试图向夜空
索取更多的光。

但它已无法重回天上，
许多想法只能留在人间，替大地，
守护着腹部的内伤。

我又要动身另赴他乡了，

夜色很快将我吃掉——
我被一条浑身发光的河流，
重新扔进黑暗。

人过半百，许多事已黯然。
在一个连我自己也说不清楚的地方，
我迅疾将自己隐藏。

夜过峄城

其实，石榴、石头和拳头
属于同类。

石榴被石榴园合围，
石头被打石山深埋，
拳头，缩在袖中，被某种暗力
悄悄指挥。

它们都在等待爆裂，
——那石破天惊一刻。

傍晚，路过峄城，
夜色，因果园提灯人的提示，
便向后退了几分。

一颗英雄心被再放大，
在一条河的导游下，我紧握双拳，

继续奔赴前程。

注：山东峄城是“中国石榴之乡”。

至暗时刻

某日，在运河边重温《报任安书》——
盖文王拘而演《周易》；仲尼厄而作《春秋》；
屈原放逐，乃赋《离骚》；
左丘失明，厥有《国语》；
孙子膑脚，《兵法》修列；
不韦迁蜀，世传《吕览》；
韩非囚秦，《说难》《孤愤》……

哦，仿佛这些作古文杰天亮之前，必有至暗时刻；
仿佛一条大河的喉咙也有难言之疾。
于是，我开始放声诵读起来——
“《诗》三百篇，大底圣贤发愤之所为作也。”
此时我看见大运河被中洲岛分岔后，
在越秀桥下再次集结，汇成激流，长发一甩，
扭头折向东去。

抚　慰

下午五点，我和将要落山的夕阳
一起散步到运河边。
河水铺展在我的面前，像一张
绿毛毯，养我的眼。
它如此安静，我知道它是想抚慰我。
它看出了我内心的诸多不安。
是的，谁都有沮丧的时候，
这并没有什么错，就像运河水
也会浑浊不堪烦躁之时。
我们相互倾诉，相互凝视，相互爱怜，
运河水和我都怀有悲悯之心。
更重要的是，我和运河呆一晚，
运河将与我共一生。

去鳌头矶

小时候，村里那个考试总是第一的小男孩，
总会遭到一群坏小子围攻。
后来，上学路边那株最高的白杨
一夜之间被风斩了腰。
父亲说，凡事还是少露头好。
会写诗时，我去了一趟山东临清，
在卫运河分叉处，我被眼前
名叫“独占”的古建筑吓了一跳——
这么不谦虚的名字也有人敢贴出张扬。
城楼上，我看见那只孤寂的鳌头
分明已被无数只手摸得秃光。
庞涓孤傲万箭穿心而死，
关公夸口而败走麦城……
想起鳌头矶和这些古人的命运，
我下意识摸了摸自己的脑袋，
人群中，迅疾矮下了高出半截的头。

胡记钱庄

走进胡记钱庄，他的脑袋里
有一堆铜钱银两哗啦啦的响声。
他不停地摇晃着自己的脑袋，
他想让钱的声响，停不下来。
小时候，他想买一本书或者铅笔，
就会不自觉先摸一摸衣兜。
但衣兜是个瘪幞子，只装满了空荡荡的想像。
一次过年，父亲给他几个硬币做压岁钱，
硬币的正反面，被他的手
摸出锃亮的光滑，最后竟摸出几粒汗星星。
——他记得那年的年味是甜的。
现在，他走进胡记钱庄，
又想起了那些汗星星，那个年味。
但他没找到这些——钱庄空了。
离开钱庄时，他仍旧不停地摇晃着脑袋，
他不想让钱的响声停下来，
他是在一遍遍复习过去发生的事情。

通州大运河森林公园

多彩蜡笔，涂掉一些废旧的影子，
修改一些荒芜的土丘，
不是毁坏，是重建，是绘画。

草是新的，花是新的，柳树弯下腰的样子也是新的。
一切都做了重新布置。唯有

那条河水从古流到今，从远流到更远。
河水流淌过的地方，历史不断被抒情，
也被改写。历史有时会喜欢变脸。

一河两岸六园十八景……
人走河动，船走岸移，园景相融。
观景台上，目光所及之处，
那么多朝代被我重新检视，随后消失。

滑滑梯、旋转木马、大风车、荡秋千……

它们一直在绿色深处奔跑，
地球上的鸟、虫、小兽被它带动，一起跑。

红花、绿叶，蓝天、碧水，森林……
大自然的物象重回人间。
这么多年了，任凭风如何刮过来，水怎样流过去，
运河的胸膛，始终怀有一颗草木心。

京杭大运河书院

在京杭大运河书院读运河，
宜用月光，一个夜晚又一个夜晚翻读，
一个浪花接一个浪花续读。

水声被读了出来，喊杀声也跑出纸页。
有很多人在哭，
也有人在纸的背面发笑。

久了，纸上的涛声越来越大，
它们是不是另有企图，是不是
想将我老而旧的骨头吞没？

此时，我想到了淮安，想到了千里之外
里运河畔我的书房。
是的，它只是一个超微型书院，
袖珍式的。远远的，像南方的一颗小星星
遥望北方的一枚大月亮。

我相信宇宙深处有明亮——
在那不为人知的隐秘里，一定藏有
另一条大河，昼夜流淌。

运河小学

几排泥桌横卧教室，
张着窗户的大嘴就能滋溜溜喝上几口西北风。
一下雨，就听见脸盆滴答等雨的声音，
孩子冻得直跺脚的声音，
王小五说老师我怕的声音……
某日，在邳州运河小学宽敞明亮的校史陈列室，
我一下子走进了镜子的深处，
且越走越深，越走越远，
越走越找不到回头路。
我就这么乐此不疲地呆在镜子里面。
刮风了，我像一根失散的小草，
打滑在童年的拐角处。
我左右摇晃，我营养不良，
我手握铅笔，像在拼命抓住一线光。
在运河小学，整个下午，课本上的时光都是静的，
只有语文老师手中那被搅动的流水声，
在反复抚慰着一颗少年心。

去东平

一路爬坡上行，运河也有疲惫不堪的时候，
河水走到东平县，就迈不开腿了。
东边的泰山站在高处狂笑。

但汶河不这么想，东平的石头们
也不这么想。引汶济运——
众神来帮忙。

戴村坝，无数块笨拙的粗石
被一只只铁扣死死锁住，锁成一个结合体。

——蓝如海，白如练，飞如瀑，
蔚为壮观啊！一颗英雄心，
无限大。

汶水掉头西行，而船则流向高处。
群山向后移动，白云开始动身，

它要赶在落日之前，
抢先抵达故乡。

注：戴村坝的功能等同于人的心脏，被誉为“运河之心”。

超山梅

杭州有梅，在超山。
超山梅，这一朵朵讨人喜欢的小可爱，
它们长有六个瓣的翅膀。

梦里，我曾和一群人爬过无数次超山。
我不断移动着自己的脚步，但超山始终寸步未离，
它用极大的耐心爱我。
当我背转身去，它就在我后面远远地站着，
那些红的白的梅抢着与我合影。

一株唐代的梅树下，有人在念唐诗宋词，
语速慢，像是追忆消失已久的传说。
对面的运河水，安静得像一个听众。

天空有鸟鸣落下誓言，仿佛一个提示。
我摸了一下自己的脸，我的脸是灼热的。
另一对男女也陶醉其中，

他们和我一样，正在接受一次
春风的再教育。

最后，我们被一条蛇形山路重新带回山下，
群山开始落雪，六瓣梅在身后跳舞。
探梅的人有些落寞，
他们把空旷的寂静，留给了内心的孤峰。

注：杭州超山梅花有“十里梅花香雪海”之称。

另一个长声音也被敲了出来。

——声音被敲打出来，钟兴奋；

钟声跑出村外，村庄安宁。

路过邳州港

大龟不会说话，它只会拼命

摆动着四只粗笨的铁脚。那种努力，

成为我想写一首赞美诗的理由。

那些从深山里刨出来的黑孩子，

一旦被送到港口，大肚皮的货船会将他们认领，

遣送至四面八方。

皮肤黝黑的孩子，健康的孩子，

习惯常年在运河上游走，

走江湖。胆大，天下是他们的。

北煤南输，一条道走到黑。

我曾是这些黑孩子们中的之一。

我也有黝黑的皮肤，

那是烧窑的父亲将我染成。

我性格卑微，但这不妨碍我有梦，

那被涂黑的部分经常会泛起不恰当的光。

我志大但才疏，言行中的那些虚无，

一不小心就会蹿出火苗失控。

"任何人都有跌跌撞撞的一路。"

阳谷海会寺

多年来，我像是一只煤球，

在人间摸爬滚打，踢来滚去。

那天，我路过邳州新港，

悠然地点上一支烟，鼻孔里四处逃散的烟雾，

多像我飘忽不定的人生路

海会寺是安静的。

大悲阁的香火燃烧[illegible]多年了，

还是以前慢腾腾的模样。

不着急。进入寺庙的人

步伐都是缓慢的。

脚印也是耳朵，它能听见另一种安静。

海会寺是庙，也是会馆。

主持会议的一直是元代一个曹姓士大夫，

谁打瞌睡了，千佛手就会

揪住你的耳朵，让你从元代醒来。

与其他寺庙相比，其实

阳谷海会寺并没有什么不同。

但它让我记住了它的出生地：景阳冈——

一个传说中老虎出没的地方。

于是，我想给自己也写一封信，
嘱咐我给自己手植一株槐。
2200 多年之后，当另一个我重回人世，
它依然是我头顶的神祇，
——一盏提示人间明亮的灯。

第四辑 晃动的传说

龟山村

这是夏天，虫子在练习口技，
风要流氓做派，把龟山村的盖头掀了又掀。
洪水退去，袈裟闪亮出场。

村庄由数不完的石头堆积而成。
石井、石磨、石屋，以及爬向高处的石板路，
还有那棵从石缝里钻出来的歪脖子，
它们都遭有灭顶之灾的经历。

是的，它们都是坚硬的。
左一次风打头，右一次浪打脸，最终它们还是
活了下来。它们不怕水怪闹腾，
它们皆披一身盔甲。

村里有口大钟。敲一下，铛——
一个短声音被敲了出来。
再敲，铛铛——

驸马渡

黄河发起脾气，就开始制造悬空的石头
就举来洪水磨的刀，在淮安老坝口的脖颈上
抹下一道 200 丈宽的刀痕。
查阅典籍，故人只是两位驸马爷。
他们先从渡口提脚上岸，但他们不知道
城池开始坍塌，腹部被剖开，臃肿的皮囊
只因为喝了太多的水所致。

国家开始慌乱，许多人在奔跑。
那些奔跑的流民把百姓的恐惧、死讯和紧张
带到了他乡。我也做过游遍名山大川的梦，也想踏遍山河，
留下神迹。可是，人过五十，诸事无成，
仍未能收拢起寂静的翅膀，
大闸口，老槐树缩短脖子佯装听戏——
说的是古代黄河夺淮入海的那些旧事，
迎面的柳树都摇着翠面的礼遇。

……说到过往，都是些苦难史。如今，
水渡口更像一粒纽扣，被运河的长袖控制。
那些咿咿呀呀的唱词，
在戏园子突然集体失声。平静蛰伏在
音箱的喉管里。我喜欢那平静。

许多故事都在裂变，大运河也是。
锣鼓喧天，盛世太平。
大水是真的不会再来了，
那立在碑上“水渡口”三个字还在坚持，
风雨中，做无用的守候。

瓜洲镇

在瓜洲镇，会遇到一群美人，
最美的那位，在人间已失踪很久。
一个喜欢白色的青楼女子，
衣袂飘飞的弧线是白的。翻开一本书的扉页，
瓜洲镇的皮质也是白的，它的骨头更白：
雪花白，大理石样白。

再白，也有不明白的问。
问世间情为何物，冯梦龙回答不出，
百宝箱也回答不出。

“有人跳江了”。“扑通”一声
——哦，那么决绝，
仿佛那一跳不是她自己的过错，
仿佛浩荡的河水，才是她
想要赶赴的人间。

在人间，如果遇上一条吊睛白额大虫，
请莫怕——海谷寺墙壁上悬挂的
那幅武松画像，会伸出一只肉质榔头，
及时驱赶出你内心的不安。

红早褪去，徒有虚名。
光鲜的词，被时代的句子抛弃。子牙河安静，
唯剩下一堆锈迹。

从此岸到彼此，
只要不允许断裂发生，路就是通的。
跫音匆匆——桥再旧，
但脚喜欢。

风尘仆仆归来的，都是些意中人。
记忆被涂了一层漆。他们陷入自己的遗忘中，
——美好的事物，总耽于幻想。

文史专家在方志书里寻找蛛丝马迹。
说到一座桥的过往，说唱者
噼里啪啦，甩响起快板。
一座城被传说晃动，铁桥抻开半个空怀抱，

模样，像个大力士，

使出的力气，过于夸张。

四女寺

那年，我乘一列北上的闷罐火车，

路过天津。大红桥哼哧哼哧喘着粗气。

心有不甘啊，它在向一块铁，

索要那个丢失已久的声音。

德州有美人。其中的四位佳丽，后来

摇曳成四株女贞树。

注：天津的大红桥由于桥身是铁做的而被称为老铁桥。

如今，四株茂密的女贞，在香火的加持下

更加茂密，像是急于

告诉我四女寺的来历。

她们都是父母口口相传的好孩子，

好孩子总是甘于隐忍。

侍母不嫁，耗尽了四女一生的光阴。

想起抖音里曝出女公务员掌掴生母的画面，

还有亲生儿生埋痴呆老母的新闻。

四女寺突然在传说中抬起头来，

八行泪水将正在燃烧的香火浇灭。

断桥残雪

其实断桥从来都不断过里营，
到过杭州的人都明白，大地上的许多事物
都需要一场大雪的堆积，
才会有起伏，代才能有连绵不断。
我这个现代诗人，竟与李耳先生是
之根据院的国学教授正在研究断句，
两句蜿蜒的衣缩文两被他拆卸得七零八落。
他在众字离开一群字，
我在纸就有了新的转承。
他在拯救民苦，
我在饭后，那场大雪一直都在下，
他以花衣的形式骑青牛西行；
我以的衣领名丛林和西湖的拐角处，
现在绳它以两种加速度的姿态，
落在国学教授的课件上。
“敢称老子的世间只有老聃一人，
我是许多过客只能装扮孙子。”

当我从杭州离开，那些微妙的话，
也开始转而跟随我挺了挺胸脯，继续南下，
而我却狠狠地下了决心。羞愧的双手
紧紧扶住自己摇晃的身体。
蓦然回首，断桥在张望，裂缝越抻越大。
国学教授的喉咙突然哽咽，
爱情关节处，残雪的声音再次坍塌。

那天，我们见到的，是沉默寡言的她，
现在，她开始喜欢凝视，
凝视，能让一个正在愤怒的石头
迅速安静下来。

杭州苏小小

在杭州，我遇见了苏小小。
西泠桥畔埋玉，美人的回眸
被柳枝的画笔反复练习一千五百年。
无非是长得好看些，
无非是会唱歌，写诗，弹琴，画画……
无非是喜欢坐一架油壁车在杭州城转来转去，
无非是谈了一场未可得的爱情，
最后只剩下一个很小的名字——
是的，这个名字太小了，比小还小，
以至于我放弃了抵抗。
其实，我并非是一个脆弱的人，
在苏小小墓前，我空守着爱情的影子坐等一夜，
差点被一场小雨泯灭。
离开杭州，那场小雨却一直不停，它跟随我，
沿一条运河北上，
从杭州的拱宸桥下跑到淮安的水渡口岸。
在那面刻满伤痕的波涛之上，
我竟能涂抹出你爱我时的模样。

南屏晚钟

南屏山藏紧了净慈寺的眼睛，
像眼里藏着一只戒指。

钟里堆积着钟身。于是，
仿佛在傍晚拉紧了另一个人。
山谷，反复练习着扩胸运动。
嗡嗡声，被风托持树影……
整个城都跟着上了神。

西湖古老的遗梦，
从钟声荡到了南屏山。
这人间太空了，空得只剩下一口人造大钟。
钟声里，一只脚印紧跟着另一只脚印，
仿佛在空气中，一个“七”紧跟着另一个“七”。

从杭州出来，我的内心起了变化。
必须用钟声才能说得完。

许多想法，被声音控制。

运河的风，是朴素的

那[illegible]人的[illegible]的声音
越来越安静。我喜欢那静
——那一直被摇晃的静。

沿着运河两旁大堤走，运河风
便从吴王夫差的那道旨令开始出发，向我一拨一拨地
　吹。
它递给我劳动人民挖河修渠的号子，递给我
封建帝王一路南下跌宕起伏的流水声，
递给我一群爱穿长衫吟诗诵词文人的影子，递给我
泛着时间印记的月光，递给我
一堆诗词和粮食，递给我盐……

运河风是朴素的：豁达、好客、神性。
它时刻准备捧出一坛老酒，它知道
有五湖四海的客人马上到来。
那些英雄侠客，那些朝廷命官，那些行商大贾……
正从运河的体内穿过。舍舟登陆，
急急地赶赴一场人间盛宴。

运河街事

那条大河是被一头小毛驴驮到家门口的，
否则，河水翻不过那么多的沟沟坎坎。
日子有点苦，毛驴的响鼻确实也吓人。
但路从不喊疼，那脖颈上的红绸布铃铛，晃动着
节奏感很强的提示音。
又上路了，运煤的父亲猛踢几下脚，
运河边的那些小毛驴就会小跑过来。这些经受过考
验的老实人，
驮过粮食、盐，也驮过我和我的亲人。

某日，我行走在运河两岸，却再未能见到故人，
他们如今是否又在别一处谋生？

惠山问病

1989年，我和秋风一起来到无锡，
锡山大桥下的柳树告诉我：阿炳住惠山。
被引路的运河水带领，我徒步将他造访。
在阿炳墓前，野草、虫鸣和鸟雀陪着我
在史书之外和他谈天说地。
说到他四岁丧母，我顿生悲凉；
说到梅毒瞎了他的眼，我怒目圆睁；
说到他乞讨卖艺，我又满眼痛楚
二胡那吱吱呀呀的嘈杂声，
在我的脑子里，吵了整整一个下午。
不，吵了我三十多年，余音不绝。
以至于我后来不敢再看
水中月，以至于后来我总是担心
月亮会从泉水中站起来，
携着那棵披头散发的马尾松将我抵达。

那轮月亮，成了人间的一块心病。

在苏北平原，在运河某段时光里，
河水、枯石、秋雨，以及那些无边落木
一起原谅了我的悲伤。

第五辑 起伏的心脉

七里山塘

一条水路迢迢，将仿古的建筑群
一分两边。江南富家子弟流行梳二分头。

沿水路向前走是七里，沿街往回走还是七里。
七里，是白居易在苏州埋下的伏笔。

陈圆圆董小宛来过，七里山塘火了一次；
曹雪芹来过，七里山塘又火了一次。

名人一次次地来，七里山塘
就一次次地火，一次次交出隐秘。

通贵桥下听昆曲。有人摇头晃脑，
有人洒下热泪。想必他们是遇见了古代的自己。

山塘街那些灯笼不分昼夜地亮着。
多少年，它在命里悬着，仿佛要耗尽一生的光明。

夜宿寒山寺

寒山有寺，运河有水，
也给披着各种好看的花草衣裳。
搭一间小小的木屋，
只为今夜的星光能落到我的肩上。
就地取材的时候，几棵枫树
勇于牺牲，它们接受了我使用斧头的想法。
一只抒情的小鸟落在了屋顶，
它们爱上了木屋，做了木屋的情人。
夜宿寒山寺，不需要什么钟声，
我只需饲养一群喜欢晚睡早起的鸡鸭鹅。
如果鸡们喊累了，那些鹅啊鸭啊，
也会为我喊来黎明

[illegible]河图》

那么多……车、轿、船；那么多
民居、酒肆、小贩……组出
一轴画卷渐次铺开，但嘈杂声
是被风认真处理过的。
当我想把这些物象的繁复
植入一首诗时，我手中的笔
却没能拦住
这些蜂拥而至的晃动。
茶馆、酒店、货栈、码头，
一溜骆驼、五匹毛驴、四只雀窝，敲锣打鼓的迎娶队
[illegible]
汴河，被它们拥挤的脚
踩踏成猪腰形模样。
我[illegible]凝视它们已久了——我是想把

这些喧闹，从画中拆解下来，
搬移到淮安运河边的小镇。但是，汴京
在哪？我产生怀疑，
——我是不是一个不靠谱的人。

那个画画的人，扔掉画笔就走了。
他留下了神迹，潦草，模糊，不知其踪。
某日街头，我读到的只是一件赝品。

相比较于画家，诗人的心无限大，
但面对一幅国宝巨制，我只能把一首诗
写得更小，才心安。

清名桥月夜

如果两个人有意，必须有一座桥
来连接彼岸和此岸的想法。

跨在运河的身上，柳树也打出了手势，
帮助清理一段往事的涟漪。
吴侬软语被译出，像沉默已久的秘密，
被打开，被送到更远的地方。

月亮展示它一贯的神工鬼斧技艺，
从花岗岩堆积的琴架上，凿出
高山流水的线条。

这一夜，江南的月色经由说书人的扩散，
在一座清名桥下传播，等候
一只船的通过。

194 | 运河记

个园

一根“竹”被劈两半，就是两个“个”；
很多根“竹”被劈开，就有无数个“个”。

而个园的意义在于，它不是要将一个整体分开，
而是要把无数个体聚拢起来。

园外，那么多的“个”在摇摆，
但，它们始终抱成一团。

它们很团结，团结成一个集体。
那么多的“个”从没走散。

拐角处，旗袍女在流水中写下许多“个”字，
哦，她本是个园里落单的“个”？

她离开个园的时候，月色发白，星眼昏花。
我听见夜莺喋喋不休，几块叠石在磨牙。

手天下

运河边，一家足道养生馆抬起头来，
“手天下”——潦草的店名，张贴在楼宇一侧，
像街市故意走散的人群，不安分。

这里，脚听从手指挥。
手移动一寸，天下就会在足下大尺度摇摆几分。

高楼的骨头嘎嘎响动，
仿佛地球的某处关节，发出
古怪的叫声。

城市的秘密在皮肤上打滑，像窃窃私语。
声音太小，小到稀薄，小到模糊，

小到莫名的喘息。但是，
手的雄心很大，一直握紧拳头，
在游走，走天下。

窗外，一株棠梨树羞愧地弯下。

它的身体，笨拙的姿势

像一个空怀抱。屋内，雪在屏幕上下个不停，

燕子楼

[illegible]被折弯的姿势，锻打

一堆白花花的银圆，这人间好听的响器。

夜晚，月光踩着高楼的另一只肩膀跳过去，

运河上的玻璃开始分裂、晃动，

檐角被反复折叠，折叠出

一个时代的背影在明灭的灯光下反复闪现。

飞翔的弧形，粘在空气中，佯装不动。

流水不腐，它送走了多少旧日子，

身影，有些单薄。

就会迎来多少新光景。

知春岛上有楼阁，藏诗阁里有良宵。

她还熟稔歌舞、吹箫。

窗外，流水像个失业者在游走。

满月床上，被用过的月光

将寂寞套牢。

美人老去，爱情永恒。

讲古的人，不停地

将那个残缺的传说反复修补。

文字很多时候也是无用的，

想表达的词句，

躲在纸后。

英雄难留，美人虚脱。
生活的内容被抽走，
仿佛是燕子飞走后，翅膀留下的
一个空白。

当我从燕子楼身旁走过，
我能感知到它
饮下多少个朝代的风和雨。

注：燕子楼位于徐州云龙公园知春岛上。

陈瑄

我读过他的传奇。
善射，爱带兵打仗。复杂变幻的战场上，
奇迹总会在虚无时出现。
勤勉、敬业、胆略、善战、睿智……
刀出鞘，袖口闪出一条路。
平叛治乱，国家至上。

与水角力，督漕运，凡三十年。
“漕渠之功，陈瑄为大”。
公元 1415 年，清江浦开闸，
两千漕船北上南下。
立于船头，他是大明朝的一支橹，
在洪水中狂写豪迈。

我去过里运河边他居住的祠堂。
他一直站在那里，水怪们已不见踪影。
那么多人长跪不起，他们是想把他

请进自己生活的日常。

功臣从未死去，他的塑像替他活着。

胡须凌乱，像一段复杂的流水，

在地球的嘈杂声中，

逐浪的手势，从没被风吹散。

注：陈瑄(1365—1433)，明代军事将领、水利专家，明清漕运制度的确立者。修治京杭运河，功绩显赫。

谒李香君墓

在商丘，如果你想见一个美人，

你最好先给一只蝴蝶写一封信。

请它问一问春天是不是已经行走在路上，

问一问桃花已开出几分。

并请告诉其中带血的一朵：

有一条河流正从苏北动身，千里迢迢

赶来，将她追寻。

如果将她陪伴，她肯定是欢喜的。

数百年来，她索要的，就是仅

一个词：陪伴。

关于《桃花扇》的传说，都是真的，

也为天下人熟知——

扇骨收拢，抵住多少风来急；

扇面打开，危朝难安。

当美人被时间抽空，只能剩下影子。
影子被一再神化，神化的影子
被盗墓者反复洗劫。

在商丘，如果你想见一个美人，
你就去打鸡园或壮悔堂。
槐石墩上有余温，那是因为有
许多侯公子来坐过。

11月23日运河边记

在河里打鱼，在岸边谋生，
我就是大运河体内一条更小的河，一个小秘密。
我在她的体内日夜扑腾着手脚，
一朵朵浪花，是她腹中十万朵盛开的玫瑰。

她身材细长，皮肤鲜亮而富于光泽，
这个养我的菩萨，世上最好看的美人。
她是我头顶上的神明，
她指引我，喂养我，打疼我。
多年来，她让我向流水学习从容，
向河堤模仿伟岸，向河床体验隐忍。
像一条河流渴望成长，我急于变长变宽，急于东流入海。
也许只有写出吴承恩《西游记》那样的杰作，
才配得上运河的子孙。

11 月 23 日，有人骑一匹龙舫在河里远游，
河水开始哗哗向后流淌。天空里的蓝，两岸的青草，

以及露珠、飞虫和鸟鸣，一同向后流淌。
我在运河边洗脸，我在水中看清了自己的一生——
[illegible]在我头顶乱吹，白发忽隐忽现，
多像我飘忽而过的半生光阴。

泥咕咕

“它们不是泥，而是一群小动物”，
你说的是对的。你用嘴吹，它们的尾部
会鸣叫，会发出颤音。

“它们不是泥塑，而是艺术”，
你说的更没错。当它们被涂上彩色的衣裳，
走进复杂的人群。它们
跳来蹦去，有了位置感的欢愉。

其实，泥咕咕是历史文化落下的一粒胎记。
——黎阳仓战役，瓦岗军
捏制一堆泥人泥马，缅怀死去的将士。
“咕咕，咕咕”，有人拼命地吹。

直到消除危险，它们才会松一口气。
但逝去的人并不知道，
“咕咕，咕咕”成了后人念给他们听的

剧演中的台词。

在浚县杨玘屯，我凝视过这些小动物，

它们同时也在凝视着我。

我离开的时候，一群泥咕咕齐声叫喊我。

一阵风吹来，我扭头一把搂住了它们。

它们会不会因此感到有一丝温暖。

注：泥咕咕，河南浚县传统手工艺品，国家级非物质文化遗产。其始于远古，兴于隋唐，形体较小，因尾部有两小孔，吹时发出“咕咕”的声音，泥咕咕的名称由此而来。杨玘屯是浚县泥咕咕的主要产地。

你说昨夜雪来过，

弄水堂点了点头。

早晨，一群人挥舞空拳

在雪地堆雪人。它们在白纸上卖萌，

又在某些镜头里傻笑。

活着，有人硬生生把自己

捣弄成一个假人。

你说昨夜雪来过，

弄水堂摇了摇头。

一粒粒雪掉在了水里，

很快被水吃掉。

有些事情消失很快，我相信这是真的。

风吹后，我没有收到

天空邮来的信。

篦箕巷

一个观光客站在弄水堂发呆，
此时，他离这里发生的情节最近。
一条河流从他的脚边跑过，
它知道这里曾发生过什么。

分开两旁石头的牙齿，它把几个
异乡客狠狠地吃掉，然后又顺理成章地
吐出来。

被反复打理的过程
是一种舒适的体验。梳理一段旧事，
我们远不及
一把篦子运用自如。

有时我们的头皮会麻木、疼痛。
——但我们熟知，令人真正疼痛的，
不是一把篦子的本身，而是它
来历不明的身份。

蓖箕巷，穿旗袍的女人
一直在弹词里哭。木格窗忽地被打开，
一束青丝被风吹得乱飞，仿佛那段凌乱的流水尚未来得及被处理好。

贺　循

落日掉入牙口，回忆的话题过于漫长，
管控无效，停顿也是。
许多秘密，隐藏在流逝的叹息声里，
也会遗漏在，手指间
木质微光的缝隙中。

从地图上看，浙东运河只是京杭运河
一个跨世纪的尾巴工程。

与夫差、杨广相比，
贺循只是一个常常被人疏忽的小人物，
就像他开挖的浙东运河，
仅 239 公里。太短小啦，短小得让人
可以忽略不计。然而——

尾巴再短，它也是中国大运河身体的一个部分。
一支羊毫，也能将浩浩荡荡的运河水，
从容地写入大海。

注：贺循，浙东运河的开凿者。

[illegible]

[illegible]，

[illegible]名。

上面都刻着古代诗人的诗句。

[illegible]臣、将军、文人，还有歌伎……

[illegible]的燕国少年，

正跨越国界线奔赴而去。

在山东，解说员在一张地图上比画着。

[illegible]年前已断航，

[illegible]步亦趋，

[illegible]总比它站在墙上

一挂多年的好。

可我始终跟不上步伐。

我落单了。我把命运，交给了

一个从未见过的人。

走邯郸，我像一颗石子，

被投入自己设置的迷宫深处，

回馈我的，只一声闷响。

南湖

有人问，许多人都在学着走路。
那个不会走路的人，
我确认一定是个假人。

远远看去，一只红脚印，烙在湖面上。

风听见了走动声。
有人说主义，有人喊革命。
声音里埋着惊雷。

语音由低八度向高八度转换，
大湖是一只安静的音箱，开天辟地的喜讯
被悄悄扩散：中国共产党诞生啦！

浪花一个接着一个赶来，不停地
将自己摇晃。画舫证明
这一切都是真的。

湖水捧出船，船高举起领航人，
领航人训练出一批优秀水手，
向着一个纲领，奔命。

一个披着霜花，一个提着裙裾，一个光着脚丫，
急急地，向我奔跑而来。

台儿庄写意

冬日盛产大枣，红的。
被炮弹炸飞了的那只，深红。
毛边的城墙，仿佛被啃咬过的锯齿草。
脚一直被水乡浸泡着，却是火命。
火车在鲁南地区山谷里哐啷哐啷来回奔跑，
仿佛是为了配合打一场游击。
煤，丢进炉火就会红；
砖，砌进骨缝就能弥漫出硝烟，
淤青的天空，到处都贴满飞舞的膏药。

相[illegible]，我更喜欢听见水声。
水声妖娆，将台儿庄暗红的脸反复冲刷。
有人在叙述，有人在啜泣。
一条跑船拐着弯自顾自漫游，
像一个老艺人，肚子里装满许多话，
却不与人说。

穷人的爱情卑微，不立碑，
他们不需要证明永恒。
穷人的爱情，不奢望拥有
房子的富贵，患难与共的日常
就是好日子。
穷人的爱情简单，
“你耕田来我织布”，他们在自己的薄田
侍弄自己的灯芯草。

穷人的爱情不需要写信
美人在天庭受难，也会听到
蟋蟀送来的敲门声
穷人的爱情，在传说中披散成河，
大地把它搂紧在怀里。

一株槐荫树，替他们

守候三百年。

淮安城

那年冬天，穷人的爱情

被外省人再次围观。小董村的雪花，

又在夜里狂写了一遍。

淮安：淮水安澜之意。其实，泛滥的淮水

一直潜伏在城外。它从未溜进城里。

倒是一条长长的运河的影子被挖了出来，

和翔宇大道水陆共生。

中洲岛、国师塔、慈云寺、胯下桥、伟人纪念碑，以及
各式船……

还有埋在地下的一截一截古城墙青砖。

要么长得很高，要么躺着绵长，

要么深藏不露。这些都是被我念旧的名字。

但我喊，它们会一一答应。

大闸口那块大青石和天上的月亮一样圆而亮，

它们被腊月的大雪擦了又擦。

亲爱的，如果我回来，

运河边是否会闪出三个女人将我相迎——

注：小董村位于河南武陟县境内，传说中的董永故里。

一个披着霜花，一个提着裙裾，一个光着脚丫，
急急地，向我奔跑而来。

项羽手植槐

我想给一个志大才疏的人写封信，
并请邮差亲口告诉他，他少小离家时
手植的一株槐树，如今已长大成神。
那株槐高 10 余米、胸围 3.86 米、树冠径 10 米，
高大、粗犷，相貌遗传他的模样。
我还想请邮差转告他另一个道理：
“立志必先弘毅”，空怀大志
远远是不够的，还要崇文、精武。
“破罐子破摔”更为不齿，危局之时，必须练习出
一招起死回生的破局术。
而这些技艺，正是我等所缺乏的。
某日，我在里运河边散步，
一群人感叹人生多艰，却忽略了
运河的宽阔和耐心。它是一位胸怀天下的智者，
多年来，不慌不忙，急迫而有序，
一个浪花接着一个浪花奔腾，
直至最后，浩浩荡荡归入大海。

于是，我想给自己也写一封信，
嘱咐我给自己手植一株槐。
2200多年之后，当另一个我重回人世，
它依然是我头顶的神祇，
——一盏提示人间明亮的灯。

龟山村

这是夏天，虫子在练习口技，
风要流氓做派，把龟山村的盖头掀了又掀。
洪水退去，袈裟闪亮出场。

村庄由数不完的石头堆积而成。
石井、石磨、石屋，以及爬向高处的石板路，
还有那棵从石缝里钻出来的歪脖子，
它们都遭有灭顶之灾的经历。

是的，它们都是坚硬的。
左一次风打头，右一次浪打脸，最终它们还是
活了下来。它们不怕水怪闹腾，
它们皆披一身盔甲。

村里有口大钟。敲一下，铛——
一个短声音被敲了出来。
再敲，铛铛——

另一个长声音也被敲了出来。
——声音被敲打出来，钟兴奋；
钟声跑出村外，村庄安宁。

大龟不会说话，它只会拼命
摆动着四只粗笨的铁脚。那种努力，
成为我想写一首赞美诗的理由。

阳谷海会寺

海会寺是安静的。
大悲阁的香火燃烧一千多年了，
还是以前慢腾腾的模样。

不着急。进入寺庙的人
步伐都是缓慢的。
脚印也是耳朵，它能听见另一种安静。

海会寺是庙，也是会馆。
主持会议的一直是元代一个曹姓士大夫，
谁打瞌睡了，千佛手就会
揪住你的耳朵，让你从元代醒来。

与其他寺庙相比，其实
阳谷海会寺并没有什么不同。
但它让我记住了它的出生地：景阳冈——
一个传说中老虎出没的地方。

在人间，如果遇上一条吊睛白额大虫，
请莫怕——海谷寺墙壁上悬挂的
那幅武松画像，会伸出一只肉质榔头，
及时驱赶出你内心的不安。

四女寺

德州有美人。其中的四位佳丽，后来
摇曳成四株女贞树。
如今，四株茂密的女贞，在香火的加持下
更加茂密，像是急于
告诉我四女寺的来历。
她们都是父母口口相传的好孩子，
好孩子总是甘于隐忍。
侍母不嫁，耗尽了四女一生的光阴。
想起抖音里曝出女公务员掌掴生母的画面，
还有亲生儿生埋痴呆老母的新闻。
四女寺突然在传说中抬起头来，
八行泪水将正在燃烧的香火浇灭。

驸马渡

渡口来过故人，被故人放牧过的石头
就有了另一番释义。

查阅典籍，故人只是两位驸马爷。
他们先后从渡口提脚上岸，但他们不知道
自己所过之处，竟会被后人
一记再记，一记永远。

菩萨说，只要是个凡人，
都会有流芳百世的愿望。
——我也做过多回名人的梦，也想踏遍山河，
留下神迹。可是，人过五十，诸事无成，
仍无鹊起之声。

夏日，至馆陶县，恰逢大雨，
迎面送来的是洗心革面的礼遇。

瓜洲镇

在瓜洲镇，会遇到一群美人，
最美的那位，在人间已失踪很久。

一个喜欢白色的青楼女子，
衣袂飘飞的弧线是白的。翻开一本书的扉页，
瓜洲镇的皮质也是白的，它的骨头更白：
雪花白，大理石样白。

再白，也有不明白的问。
问世间情为何物，冯梦龙回答不出，
百宝箱也回答不出。

“有人跳江了”。“扑通”一声
——哦，那么决绝，
仿佛那一跳不是她自己的过错，
仿佛浩荡的河水，才是她
想要赶赴的人间。

那天，我们见到的，是沉默寡言的她，
现在，她开始喜欢凝视，
凝视，能让一个正在愤怒的石头
迅速安静下来。

周庄双桥

一只眼睛紧盯着另一只眼睛，
像一只戒指紧扣着另一只戒指。

桥身紧挨着桥身，
仿佛一个人，紧紧依偎着另一个人。

石板、水波、桨声、树影……
被朦胧的灯光涂抹出神秘。

身披古装的年轻男女，
从世德桥跨过，向永安桥奔赴。

一只脚印紧跟着另一只脚印，
仿佛一个“七”，紧跟着另一个“七”。

七七四十九。关于周庄的传说，
必须用乘法才能说得完。

去老子山镇

十老路的起始地叫十里营，
十里营是我的出生地，
而另一端叫老子山镇。
穿越 N 个朝代，
我这个现代诗人，竟与李耳先生是
一根绳上的两只蚂蚱。
两只蚂蚱，在绳子两头各干各的欢喜。
他在火上炼丹，
我在纸上写诗。
他在拯救民苦，
我在救赎自己。
他正弃官归隐，骑青牛西行；
我却热衷功名，欲一鸣惊人。
一根绳上的两只蚂蚱，
两只蚂蚱已然两种人。
“敢称老子的世间只有老聃一人，
天下许多过客只能装扮孙子。”

老子石像前，一游客刚说完这句话，
一旁的龟山运河便挺了挺胸脯，继续南下，
而我却狠掐了一下自己，羞愧的双手
紧紧扶住自己摇晃的身体。

第五辑

起伏的心脉

运河的风，是朴素的

沿着运河两旁大堤走，运河风
便从吴王夫差的那道旨令开始出发，向我一拨一拨地
　吹。
它递给我劳动人民挖河修渠的号子，递给我
封建帝王一路南下跌宕起伏的流水声，
递给我一群爱穿长衫吟诗诵词文人的影子，递给我
泛着时间印记的月光，递给我
一堆诗词和粮食，递给我盐……

运河风是朴素的：豁达、好客、神性。
它时刻准备捧出一坛老酒，它知道
有五湖四海的客人马上到来。
那些英雄侠客，那些朝廷命官，那些行商大贾……
正从运河的体内穿过。舍舟登陆，
急急地赶赴一场人间盛宴。

运河往事

那条大河是被一头小毛驴驮到家门口的，
否则，河水翻不过那么多的沟沟岭岭。

日子有点苦，毛驴的响鼻确实也吓人。
但路从不喊疼，那脖颈上的红绸布铃铛，晃动着
节奏感很强的提示音。

又上路了，运煤的父亲猛跺几下脚，
运河边的那些小毛驴就会小跑过来。这些经受过考
　验的老实人，
驮过粮食、盐，也驮过我和我的亲人。

某日，我行走在运河两岸，却再未能见到故人，
他们如今是否又在别一处谋生？

手天下

运河边，一家足道养生馆抬起头来。
“手天下”——潦草的店名，张贴在楼宇一侧，
像街市故意走散的人群，不安分。

这里，脚听从手指挥。
手移动一寸，天下就会在足下大尺度摇摆几分。
高楼的骨头嘎嘎响动，
仿佛地球的某处关节，发出
古怪的叫声。

城市的秘密在皮肤上打滑，像窃窃私语。
声音太小，小到稀薄，小到模糊，
小到莫名的喘息。但是，
手的雄心很大，一直握紧拳头，
在游走，走天下。

窗外，一株棠梨树羞愧地弯下

它的身体，笨拙的姿势
像一个空怀抱。屋内，雪在屏幕上下个不停，
它在为被折弯的姿势，锻打
一堆白花花的银圆，这人间好听的响器。

夜晚，月光踩着高楼的另一只肩膀跳过去，
运河上的玻璃开始分裂、晃动，
一个时代的背影在明灭的灯光下反复闪现。
流水不腐，它送走了多少旧日子，
就会迎来多少新光景。

读《清明上河图》

那么多牛、骡、驴，车、轿、船；那么多
民居、石桥、小戏……经由
一轴画卷渐次铺开，但嘈杂声
是被风认真处理过的。

当我想把这些物象的繁复
植入一首诗时，我手中的笔
却没能拦住
这些蜂拥而至的晃动。

茶馆、酒店、货栈、码头，
一溜骆驼、五匹毛驴、四只雀窝，敲锣打鼓的迎娶队伍……
汴河，被它们拥挤的脚印
踩踏成猪腰形模样。

我承认我凝视它们已久了——我是想把

这些喧闹，从画中拆解下来，
搬移到淮安运河边的小镇。但是，汴京
会不会对我产生怀疑，
——我是不是一个不靠谱的人。

那个画画的人，扔掉画笔就走了。
他留下了神迹，潦草、模糊，不知其踪。
某日街头，我读到的只是一件赝品。

相比较于画家，诗人的心无限大。
但面对一幅国宝巨制，我只能把一首诗
写得更小，才心安。

11月23日运河边记

在河里打鱼，在岸边谋生，
我就是大运河体内一条更小的河，一个小秘密。
我在她的体内日夜扑腾着手脚，
一朵朵浪花，是她腹中十万朵盛开的玫瑰。

她身材细长，皮肤鲜亮而富于光泽，
这个养我的菩萨，世上最好看的美人。
她是我头顶上的神明，
她指引我，喂养我，打疼我。
多年来，她让我向流水学习从容，
向河堤模仿伟岸，向河床体验隐忍。
像一条河流渴望成长，我急于变长变宽，急于东流入海。
也许只有写出吴承恩《西游记》那样的杰作，
才配得上运河的子孙。

11 月 23 日，有人骑一匹龙舫在河里远游，
河水开始哗哗向后流淌。天空里的蓝，两岸的青草，

以及露珠、飞虫和鸟鸣，一同向后流淌。
我在运河边洗脸，我在水中看清了自己的一生——
秋风在我头顶乱吹，白发忽隐忽现，
多像我飘忽而过的半生光阴。

陈　瑄

我读过他的传奇。
善射，爱带兵打仗。复杂变幻的战场上，
奇迹总会在虚无时出现。
勤勉、敬业、胆略、善战、睿智……
刀出鞘，袖口闪出一条路。
平叛治乱，国家至上。

与水角力，督漕运，凡三十年。
“漕渠之功，陈瑄为大”。
公元 1415 年，清江浦开闸，
两千漕船北上南下。
立于船头，他是大明朝的一支橹，
在洪水中狂写豪迈。

我去过里运河边他居住的祠堂。
他一直站在那里，水怪们已不见踪影。
那么多人长跪不起，他们是想把他

请进自己生活的日常。

功臣从未死去，他的塑像替他活着。
胡须凌乱，像一段复杂的流水，
在地球的嘈杂声中，
逐浪的手势，从没被风吹散。

注：陈瑄（1365—1433），明代军事将领、水利专家，明清漕运制度的确立者。修治京杭运河，功绩显赫。

贺　循

从地图上看，浙东运河只是京杭运河
一个跨世纪的尾巴工程。

与夫差、杨广相比，
贺循只是一个常常被人疏忽的小人物，
就像他开挖的浙东运河，
仅 239 公里。太短小啦，短小得让人
可以忽略不计。然而——

尾巴再短，它也是中国大运河身体的一个部分。
一支羊毫，也能将浩浩荡荡的运河水，
从容地写入大海。

注：贺循，浙东运河的开凿者。

愿　景

在运河沿线城市歇脚，
随便翻读哪座城池的墙砖，
上面都刻着古代诗人的诗句。
那些皇帝、大臣、将军、文人，还有歌伎……
他们的影子都在墙上活着。

在山东，解说员在一张地图上比画着。
当说到鲁运河某段在 100 年前已断航，
我就想把它救活。
我是想，救活它，总比它站在墙上
一挂多年的好。

弄水堂雪景

你说昨夜雪来过，
弄水堂点了点头。

早晨，一群人挥舞空拳
在雪地堆雪人。它们在白纸上卖萌，
又在某些镜头里傻笑。

活着，有人硬生生把自己
捣弄成一个假人。

你说昨夜雪来过，
弄水堂摇了摇头。

一粒粒雪掉在了水里，
很快被水吃掉。
有些事情消失很快，我相信这是真的。
风吹后，我没有收到

天空邮来的信。

一个观光客站在弄水堂发呆，
此时，他离这里发生的情节最近。
一条河流从他的脚边跑过，
它知道这里曾发生过什么。

淮安城

淮安：淮水安澜之意。其实，泛滥的淮水
一直潜伏在城外。它并未溜进城里。
倒是一条长长的运河的影子被挖了出来，
和翔宇大道水陆共生。

中洲岛、国师塔、慈云寺、胯下桥、伟人纪念碑，以及
　各式船……
还有埋在地下的一截一截古城墙青砖。
要么长得很高，要么躺着绵长，
要么深藏不露。这些都是被我念旧的名字。
但我喊，它们会一一答应。

大闸口那块大青石和天上的月亮一样圆而亮，
它们被腊月的大雪擦了又擦。
亲爱的，如果我回来，
运河边是否会闪出三个女人将我相迎——

一个披着霜花，一个提着裙裾，一个光着脚丫，

急急地，向我奔跑而来。

南　湖

远远看去，一只红脚印，烙在湖面上。

风听见了走动声。
有人说主义，有人喊革命。
声音里埋着惊雷。

语音由低八度向高八度转换，
大湖是一只安静的音箱，开天辟地的喜讯
被悄悄扩散：中国共产党诞生啦！

浪花一个接着一个赶来，不停地
将自己摇晃。画舫证明
这一切都是真的。

湖水捧出船，船高举起领航人，
领航人训练出一批优秀水手，
向着一个纲领，奔命。

台儿庄写意

枣庄盛产大枣，红的。
被炮弹炸飞了的那只，深红。
毛边的城墙，仿佛被啃咬过的锯齿草。

脚一直被水乡浸泡着，却是火命。
火车在鲁南地区山谷里哐啷哐啷来回奔跑，
仿佛是为了配合打一场游击。
煤，丢进炉火就会红；
砖，砌进骨缝就能弥漫出硝烟；
淤青的天空，到处都贴满飞舞的膏药。

相之于火，我更喜欢听见水声。
水声欸乃，将台儿庄暗红的脸反复冲刷。
有人在叙述，有人在啜泣。
一条跑船拐着弯自顾自漫游，
像一个老实人，肚子里装满许多话，
却不与人说。

夜晚的古城将自己打扮成一个暗堡，
红灯笼从檐下探出头来，像一颗惊叹号，
被风儿吹得动荡不安，
仿佛在向人们一刻不停地提示着
那场战役一直没有结束。

大王庄

上次认识大王庄，是在纸上。
一只红色胎记在苏北大运河畔落户，
刻在皮肤上的隐语，仿佛在喊冲锋。

这次来到大王庄，大运河正在下雨，
有一粒恰好卡在我的喉咙里，
仿佛那粒疼，从来没有被谁拿走过。

大王庄，不大。不大的大王庄
被运河的风，一会儿打开，又一会儿合上。
从大王庄回来，我的肋骨会突然半夜喊疼
所幸其中一根，依然保持着
年少时特有的警醒。

注：大王庄，新四军四师司令部所在地，师长彭雪枫。

糖葫芦村

风从四王村的左边刮过，右边的空气
就有点甜。这甜，是红色的。

日子被扛在肩上行走，
一根木棍，指向天，仿佛“一指禅”
笑傲江湖。

身穿红衣的女人，面部羞涩
仿佛被两只糖葫芦的红涂抹。我的血管开始涌动，
落日，被一株山楂树晃动。

过四王村，会遭遇一场红雨。
稻草人在半空高蹈，歌词从手提喇叭里
传过来：“还有那片山楂树，
还有那片山楂树……”

新时代了，高楼越长越高，

我们喜极而泣，而四王村却背转身去，
拼命地咬自己的食指。
那一刻，我仿佛看见糖葫芦村正敞开胸襟，
交出一颗赤诚心。

注：四王村属江苏省邳州市炮车镇辖村，被称为“冰糖葫芦第一村”。

扬　州

当我写到水，扬州就跑到我的笔下；
当我说到扬州，瘦西湖就摆动起杨柳腰来将我迎接。

在扬州，我已词穷。
自古以来有那么多写扬州的诗句，
比如杜牧，他就写过“扬州一觉十年梦”。

十年扬州，该有多少事物被他书写：
比如瘦西湖，比如东关街，比如扬州炒饭，
还比如瓜洲渡、杨柳岸、烟花三月，
和缓缓南下的运河水……
那么多风花雪月，被他诗句运用。

而我早已江郎才尽，就让心一直空着。
只要我不下笔，风刮过的地方，纸就是空的；
我也不让鸟儿飞过，让天空也空着。
空着的地方，可以盛下
瘦瘦的扬州，恰好让我带走。

隐　疾

小时候听到结巴的人说话，
一群人就会发笑。
笑声越多，结巴的人的舌头，
像陷入漩涡的树叶，便打出更多的结。
我是一个直肠子的人，
生活在大运河边，
喜欢竹筒倒豆子般说话。
大半生过来，由于口无遮拦，
肚子里那么多秘密的词语，
已被我挥霍殆尽。
更主要的是那些词语还会射出很多子弹，
伤人更害自己。
人近暮年，我已患上结巴症，
人前欲说还休，
人后干脆寡言。
我庆幸自己像一根生了病的句子，
一到家就把自己耷拉在床头。

我不再操心掐词断句那些事儿，
也不再纠结主谓宾定状补如何搭配。
在白纸面前，我把替我说了很多话的那支笔折断。
如果还想说话，我就到运河边走走，
听运河水把传说一遍遍重复。
昨晚行走运河，河水看了一下我，突然暴涨起来。
我连忙转过身去，双手抱头，
额头上那块隐疾，替我开始另一种结巴。

跑船人

张小柏把家绑在船上，
家便像唱片一样，常年在水上打滑。
运河的胸腔空旷且寂寥，
因此，船常常把自己弄出水声。
这个被运河水打磨出的庞大响器，
欢愉声一路响个不停。
张小柏从上游跑向下游，
又从下游跑回上游。
来来回回，不是跑几天，
也不是跑几个月，
也不是跑几年，而是跑一辈子。
自己是自己的长工，
自己是自己的船长，
张小柏的视野里，除拥有一望无际的水之外，
还拥有更多一望无际的水。
张小柏每次把船拼命向前推一小步，
船就会用力将两岸向后摆出一大步。

他知道，今天的水已不是昨天的水。
张小柏每天会紧盯着船看，
船也会紧盯着张小柏看。
他们彼此鼓励，也相互安慰。
但他们不会被闪电分离，
有时候，张小柏夜里也会一不小心打起盹儿，
船就会将他从梦中一屁股踢醒。

关键词

认识大运河，其实不需要耗费更多的时间。
它就是劳动人民写下的一行
纵贯中华大地南北流淌的句子，
两岸树木和稻菽是它的偏旁部首。
认识运河，只需紧扣“水、船和粮草”这三个关键词
就可以将它弄懂悟透。
具体地说，水长凡 3200 公里。
我在淮安一个名叫花街的地方经营生活的日常，
它一刻不停地在向我
缓缓流来，又离我而去，
一不小心它就流了 2500 余年。
船是各式船：木船、水泥船、捞沙船，还有小渔船……
这一串串漂浮被浪花咬钩。
一个个船队从古代而来，又向新时代奔去，
渡人，渡物，渡人世间的忙碌。
粮草是运河的胎记，刻满一粒粒繁体：
“漕运总督府”“南船北马”“古末口”“清晏园”……

这些与粮草有着深度关联的名字，
这些汉字的头颅，已经在风雪中站立百年千年，
替那些作古的人，守护大地的命脉。
多年来，只要我在运河两岸奔走，
“水、船和粮草”，这三个词就会在我体内
叮当作响。春风十里，
我的小幸福就显得与别人不同，
我奔跑的样子，就有了河流的喘息和大风的起伏。

四塔颂

它们都是有年份的老者，
我无法接近它们的远，仿佛无法向古人靠近。
塔角的风铃声喑哑，但身子骨十分硬朗，
挺拔的塔身，让群山倒伏、河流慢。

它们在各自的领地认真地活着，
仿佛永远分开，却又彼此呼应。
北方的燃灯塔亮起的时候，另外的三座塔
也依次摇晃了一下自己。
它们心有灵犀，风水始终将它们串联。

仿佛一尊古色古香的瓷器，
舍利塔的周身镂刻着朝代细碎的繁花。
怀旧的人自说自话，反复切换着旧时暗语，
没有人能摸索出它内部的秘密。

大钟被敲打，心经被唱响。

一群高考的学子路过，文峰塔被感动了一下。
鸟翅与塔尖摩擦出一声尖叫。
雁阵飞过，天空变轻，
一只只“人”字形风筝扶摇直上。

六和塔的皮肤呈暗红色，木质楼盘断面
藏有无法辨认的秘密——
水印是因为有怪物吻过；
旧迹是因为有菩萨坐过。
此刻，钱塘江大潮正从它的面前一浪一浪赶来，
脾气再大，也只能掉转回头。

四尊宝塔，护祐一匹大河的白马日夜狂奔，
这是无人机航拍时鸟瞰得到的一个图景。
一船船煤炭、黄砂、粮食、钢材向北或向南。
它们从哪里来我无从知晓，
但它们将要奔赴的远方我知道。

注：通州燃灯塔、临清舍利宝塔、扬州文峰塔、杭州六和塔并称“运河四大名塔”，为运河岸边标志性建筑。

寻味记（组诗）

狮子头

我想吃它的时候，它没有抬起头。
它只顾冒着热气，像那个靠舞狮生计的老实人，
默默地抽着旱烟。

狮子喜欢张牙舞爪，但狮子头
憨厚、稳重。即使它缩成拳头，
也绝不伤害任何人。
它只会一心一意，等你开口喊它。

正月十五闹元宵，也舞狮子。
狮子头躲在楼上包间听戏，
任凭锣鼓喧天，它也能听出
楼下的那些狮子是假的，狮子里的头也是假的。

文楼汤包店，一群食客围坐在八仙桌旁

猜拳饮酒。狮子头忽地抬起头来，
它在思考：席间称兄道弟的那位，会不会
只是个能说会道的假人？

注：狮子头是中国淮扬菜系中的一道传统菜肴，肉饼大似拳头，此菜口感软糯滑腻，健康营养。

淮安茶馓

厨娘摆弄茶馓，如同摆弄
自己蓬松的头发。
一团活面，经由揉、捏、搓、捻，
被美人盘成髻。

茶馓出锅，如同美人出浴。
菊花和纸扇的造型，让人有一千种
想吃下去的想法。

香脆可口，如果放进茶水中
就迅速化了，成了没筋没皮的软骨头。
但这不影响你继续想吃它。

我也一直喜欢吃它。

一碗茶，一把馓，加上一轮月，
将我发旧的影子，欢天喜地领回家。

注：淮扬菜中的一道名点，是用上白精面，拉出像麻线一样的细面丝，呈梳状、菊花形等网状图案，之后放入麻油锅中泡炸而成，质地酥脆，味道香美。

平桥豆腐

那么细软，那么嫩白，
仿佛刚从下过雪的冬天而来。

豆腐是个大美人，大厨们用左手
轻轻将它托稳，右手的刀片便狂雪般乱舞。
瞬间，大美人被削成无数尾小美人鱼。

我坐在平桥镇酒楼用餐，
美人鱼正用冒着热气的身体盯着我。
一群人急着想吃掉它。
美人鱼也急，说，快吃吧！
可我有足够的耐心，我一小口一小口啜，
美人鱼便很顺从地一点点进入我的胃。
我明白，心急吃不了热豆腐。

身体可以转身，但味蕾无法抗拒。
广告无用，张贴已显多余。
在淮安，撕开面具，我有足够多的理由，
单刀赴一场美人宴。

注：该菜品作为淮扬菜系的扛鼎之作，其选用内酯豆腐，将其削成一致的细小絮状。成菜上桌后，略带油脂看似不冒热气，其实很烫，需吹后食之，小心慢用。

软兜长鱼

我不敢食它，即使它已被油烹过，
躺在盘中不动；即使它
是淮扬菜中之名菜，我还是不敢下箸。
其实它不是鱼，是大家熟知的
黄鳝——形状和蛇一样的无足爬行动物。
它们生活在水沟中、淤泥里
——那些出处不明的阴暗处。
小时候我就怵它，它会用
“哧溜”一声——一种鲁莽、古怪的力量
从我的后背猛抽过来。
（一个激灵过后，我的身体会发紧）

那年秋天，十六岁的大姐用一鱼篓的长鱼，
去运河桥下集市换回大米、香皂、火柴、盐和布料。
扁担在她柔弱的肩上吱嘎着，羊角辫却欢天喜地。
而我却朝着家的方向头也不回一路狂奔，
我怕一回头，那些兑换出去的蛇的影子，
会尾随我，又重新游了回来。
但如今，它是淮扬菜中招牌菜，
可我还是不敢吃它，任凭餐盘将它转来转去。
它怅然若失地望着我，仿佛请求我原谅什么。

注：淮扬菜中最负盛名的一道菜肴。2018 年 9 月 10 日，“中国菜”正式发布，“软兜长鱼”被评为江苏十大经典名菜。

高沟捆蹄

把那么多的蹄子捆扎起来，
我能想象到猪们有多着急。
这让我想到很多现实主义问题，比如：
把鸟的脚捆起来，鸟会咋想；
把人的腿扎起来，人会咋想；
把地球的轨道绑起来，宇宙会咋想……
捆扎有时比挨刀更难熬，

我听过从牢狱中出来的那些人的自述。
高沟有良种黑猪，更盛产名酒，
每次赴宴，我少食菜肴，只埋头吃酒。
乘自己酩酊之际，
我用筷子迅速将那盘捆蹄解绑，
我想让它们溜出餐桌，撒腿快跑。

注：此菜以猪蹄肉为制作主料，为江苏涟水县高沟镇特产，谓之高沟捆蹄。

蒲儿菜

蒲儿菜有着人见人爱的好名声。
但如果一个人无用，你就说他
蠢得像一只草包——
一个由菖蒲草编织而成的蒲包。

但我们切不可将二者混为一谈。
蒲儿菜可品，可赏，可入药。
还可入眼：它长有白嫩好看的大长腿。
下箸之前，我们会情不自禁地先张开嘴。
抽烟的口舌是丑陋的，
蒲儿菜会还你满嘴白牙。

躺在盘中的蒲儿菜显得异常安静。
如果想让一棵植物活回来，
我们还可以在它周围撒些可爱的小虾米。
会游动的美食图案，才可能成为
一幅极品水墨画的理由。

“无蒲不成席”，在淮安，蒲儿菜是众生菜。
然而，历史总会暴露真相：
它曾怀抱赴死之心，
救过一群饥饿者的胃，危朝的命。

注：蒲儿菜又称抗金菜，南宋时，梁红玉抗金被围用蒲儿菜解决了士兵断粮绝境，终大败金兵。

捣衣歌

早晨，捣衣人在水面不停地晃动，
一面古铜色镜子，被捣成不规则的多边形。
运河的早晨，开始倾斜。

咚咚咚……鼓声密集，像对一个冤家的撒泼。
所有的怨念和气力，淤积在
一根木杵的弧线中。

傍晚，捣衣声仍然继续，
运河持续倾斜。落日有点把持不住，
红着脸向左下方滑落。

如果爱了你就大胆说一说，
如果爱得很疼，你就使命捶一捶胸。

那　水

那水，盛满我的身体，养我的骨血。
你看不见，它一直在某处或急或缓地流动
它用九曲十八弯的手法，将我
深度捆绑。它怕我被丢失。

那水，一直被我含在口中，
一种上好的香料，被我的味蕾反复咀嚼。
像许多句子，被嚼碎成一堆
闪亮的词语。

总是在我前面奔跑，咚咚咚的响声
多像小兽的拳头，敲打我。
它一直将远方指引给我看。

月光如水。坐在黑夜深处的人，
像一只被浸泡过的核桃。
我乐于被那水浸泡，然后，一层一层
被它剥出婴儿般的裸体。

爱运河

爱一条河，我就枕着它入眠。
我爱它一晃而过的消失，
也爱它归来之后一身的疲惫。

我要敞开怀抱爱它，
像爱自己年迈的母亲，也可以
像爱邻居七岁的小女孩那样爱。
爱一条河，我擅于扮演多重角色。

枕河人家的心是柔软的，
我必须学会更柔软。
我要向白云学习，在天空飘荡，
为河流的散发，佩上一只好看的发夹。
我还必须向一支橹学习，斜卧于水上，
此生，我不想甩掉
一条河流的陪伴。

爱一条河，我变得无比贪婪，
我的身体已藏满许多好看的浪花——
哦，这人间白花花的银两，
正在被我逐一数点、贮藏。

爱一条河，就爱它的全部，
爱它的坏脾气。
那一声大一声小的“咕咚”，
今夜，又让我重新爱了一遍。

一部当代诗化版的运河“史记”

张德明

中国大运河与长城是祖先在中华大地上刻画出的两条有形的线，是中华文明的象征，是中华民族标志性文化符号。近年来，聚焦运河、书写运河，呈现运河的外在美学情貌和内在文化底蕴，成了当代诗坛极为显在的人文景观，胡弦、季风等一批诗人用自己的诗笔精心绘制了运河的风貌，将自我所感受和认知到的运河画卷加以艺术的勾勒和诗意的塑形，他们关于运河的书写都极具个性地呈现出彼此的特色。

相比较而言，诗人季风对运河的诗意写照，完全是由其内心充溢着的诗人强烈的责任意识和艺术担当所驱动的，也可看作是当代运河儿女对这条河流表达感恩和致敬的具体体现。在季风的一篇诗歌随笔里，他如此陈述道：“面对这条贯通中国南北滋养中华大地数千年的大河，作为受运河恩泽成长的运河儿女，我再也不能做到无动于衷。”这段话将诗人近几年以诗歌的形式来大量书写运河的创作动机透露了出来。从美学成色上说，季风的《运河记》值得充分肯定，诗人以“个性化、多维度揭示中国大运河诗意秘境，在历史和现实相互对照中，探究运河文化悠远鲜活的美学因子和中华文明历久弥新的精神特质”为创作理想，将运河的各种自然和人文景观全方面、多角度地展现出来，并在现实与历史、人物与景物、河流与人生等的彼此关联与相互对话中，将这条河流的内在精神底蕴和丰厚文化品格鲜明地凸显出来。季风的运河书写，在观照的宽广幅域、历史的钻探深度上，是独具匠心的；在诗歌艺术的探索上，作者不断进行自我突围，用独特的视角活化了运河的前世今生。在我看来，如果将《运河记》视作一部当代诗化版的运河“史记”，也绝不为过。

1

生活在运河边的人们，一定会为运河边上无限的风光所吸引。他们对运河产生越来越深刻的印象，迸发出越来越强烈的爱恋，也与运河那曼妙的自然和人文风景有着千丝万缕的联系。基于此，所有书写运河的诗人们，都会毫无例外地用大量的笔墨来描画运河之景，从而既写出其外在的优美风致，又展示其美景背后的韵味和深意。在季风的运河诗章中，我们也不难发现直接写景的诸多作品。这些作品往往显露着景美情真的艺术趣味，令人读来甘之如饴，回味不尽。

运河的水流风姿绰约，仪态万方，在不同的地段常常有着不同的地理情状和特殊味道。例如《运河三湾》：

把短抻成长，把直折成弯，
把弯弯的水路手绘成三节羊肠的模样——
河工们的技艺被肆意演绎。

这是诗人对运河三湾地理特征的神奇想象和艺术描画。大自然的鬼斧神工成就了一段有着独特外形的运河风景，这风景在历史的流脉中不断沉淀，如同美酒一般，越存越香，以至于到了新的历史时期，仍旧散发着迷人的精神光泽：

在扬州，如今，运河三湾的景象，
被早起的朝阳涂抹，被鸟声的清亮扩大。
绿化带、健身步道、游园……一切都被绿重新安排。
如此安静，船工们也缩短了嗓门。

在现代化的浪潮冲击之下，运河三湾不仅没有褪去曾经的芳华，而且还因一些现代艺术的加入而更具魅力。对运河三湾的景物描绘，季风并没有止步于单纯展现优美景色的浅层次上，而是还将思维的触角不断深入到更为幽远的地带，并从眼前的景物之中抽绎出关于宇宙人生的深深感喟来：

而这一切，都缘于水。羊肠里
灌出的水：甘美、肥沃，懂人情世故。
模样是弯，心肠却是热的。

当我们回望三湾，人生许多境象
莫不如此。蓄满它，
张开的怀抱里藏有苦难，也深怀柔情。
让我久久不能释怀的是——在那个狂暴的年代
它该用去多少力气，才得以脱身。

这是《运河三湾》收束的两节，在这两节里，诗人由运河的外景而联想到人情与人生，以及潜存于历史深处的某种隐痛，运河之景所携带的丰厚意蕴由此可见一斑。

如果说《运河三湾》描摹的主要是运河上的自然景观的话，那么《拱宸桥写意》《古堰》则重在陈述人们围绕运河而修建的某些人工设施。《拱宸桥写意》以“写意”的笔法，轻巧地点明了拱宸桥在大运河上所具有的地理位置：“导游说，拱宸桥是京杭大运河终点标识。/ 圆，长叹了口气，它在句号中终于找到了自己；/ 上弦月也有了归属，它在残缺中，/ 抱紧了自己的另一个部分。”《古堰》则以简要的笔墨，将运河上的一座堰坝的修筑形状和历史陈迹做了概要叙说：“沿古堰一路走去，数着无数堆积的石块，/ 它们相互紧挨着，仿佛一只手牵着另一只手。/ 我知道它们来自不同的朝代，/——最久的那只出生于东汉。”不管是拱宸桥，还是古堰，虽然皆为人造工程，但它们所蕴藏着的浓厚人文情怀，也是呼之欲出的。

季风对运河景物的描画，往往是从多方面来着手的，既写运河上的自然景物，也写运河边的人工建设，还写到了“风”“月”等超越时间和空间的各种景色。在诗人笔下，运河之月尽管沉默、孤独，但又身怀大爱：“它一直生活在水里。/ 低首、沉默、孤独。我见过它 / 披头散发的模样。/……但她已无法重回天上，/ 许多想法只能留在人间，替大地，/ 守护着腹部的内伤。”（《月河》）运河的风则朴素无华、平易近人——“运河风是朴素的：豁达、好客、神性。/ 它时刻准备捧出一坛老酒，它知道 / 有五湖四海的客人马上到来。”这多情多义的“风”与“月”，一定意义上也是重情重义的运河人的真实写照。

对运河景物的描写，季风往往采取了简笔和写意的方式，很少以工笔和浓墨重彩来尽情渲染。这样的艺术选择，或许与诗人意在揭示运河的神韵，而不纠缠于琐细的外观这样的创作目标有关。而这样的美学处理，又出其不意地将运河的人文底蕴和历史厚重感巧妙地揭示出来。宋人郭熙《林泉高致》曾云："山欲高，尽出之则不高，烟霞锁其腰则高矣；水欲远，尽出之则不远，掩映断其流则远矣。"以此来阐释季风以写意之笔来呈现运河景物之美的艺术用心，也不失恰切。

2

在多方面描画运河风景之美的同时，诗人季风还不忘对运河流域所具有的丰富历史与文化进行深情的追忆和艺术的彰显。在季风的笔下，运河作为古代历史上极为重要的水运通道，其"天下粮仓"的美誉绝非浪得虚名的。《天下粮仓》一诗就是对运河一带的富庶与古运河承载的历史意义的最精彩的诗意诠释。

在诗歌创作之中，历来有诗出侧面的要诀。所谓"诗出侧面"，是指诗歌在言说世界时，不是对表述对象的直接面对，使用加法的形式将对象特征事无巨细地罗列下来，而是采取旁敲侧击、逡巡迂回的方式，将观照对象、吟咏事物的某个特质精彩地揭发出来。诗评家吕进将诗歌创作中这种"诗出侧面"的技法称作"侧面用墨"，他指出："诗歌技法中有'侧面用墨'。不落墨于吟咏之物，而着笔于它给人的印象或反响，或着笔于相关、相似、相反的事物，就是这种技法的精髓。”（吕进《一得诗话》）在季风的《天下粮仓》这首诗里，诗人并没有直接描写运河流域一带的粮食如何充足、运输如何发达等情形，而是言述了战事频仍的年代，兵荒马乱之下，充盈的粮草储备才确保了士兵的生存以及战争最后的胜利。出于对曾经岁月的无限感怀，诗人还情不自禁地抒写道：“如今，仓是空的，时间也是，/历史上许多伟大的事件总是一滑而过。/遗址，只是替它活着的符号，/在顾盼中，兀自绽放。”这是诗人抚今追昔、睹物生情的自然结果，是诗人对运河这具有悠久历史的“天下粮仓”发出的耐人寻味的感叹。

在古代，战事吃紧之时，河流上的漕运可谓是最为繁忙的运输形式，季风也用诗歌对古运河上的漕运进行了形象演绎。作为现代人，毕竟没有亲历过古代的战争过程，对于漕运的具体环节，也无法做过多的想象和细致的描摹，基于此，季风对古代漕运的写照，是立于而今能看到的历史陈迹所做出的合理的推导与自然的延伸：“一船船粮草和盐正抓紧运往北方，/战事吃紧，解说员的音箱里装满了铁蹄声喊杀声。/漕运博物馆内，大河的咳嗽声此起彼伏，/封建帝王的哮喘病持续加重。”这是从博物馆陈列的物件上来想象漕运的情景。“在漕运总督府旧址，石狮们被时光/放牧成一件件观赏物件。如果在秋风中/坐得太久，月亮也会孤独。/此时，月亮被粘在天上，月亮是天上的运河，/将古往今来那些无法梳理的人和事/运来渡去。”这里又从古建筑遗址来对古代的漕运之事作适当的联想与引申。在当今之高铁时代，现代运输的发达已经超出了人们的想象与预期，与飞速奔驰的高铁相比，漕运之依托于河流的水上运输，其滞重与缓慢状况是可想而知的，在《漕运》一诗的最后一节，诗人深有感触地抒写道：

光阴如幻。高铁从运河身旁呼啸而过，
又一个时代到来了。
地图上，淤堵断流的河道一路上结结巴巴，
仿佛想说出自己不甘的命运。

在古今的比较与对话中，诗人所陈述的古之漕运所蕴蓄的深厚意味耐人咀嚼。

淮安在大运河上所具有的地理位置无疑是举足轻重的。京杭大运河在淮安境内长68公里，不愧为淮安人的母亲河，她迤逦地穿过淮安古城，从而成就了淮安国家历史文化名城的地位。作为土生土长的淮安人，季风自然对这座历史文化名城一往情深，其诗作《淮安城》便是这种深爱城市之情的侧面表达。诗人熟谙"淮安"之命名的深意——"淮安：淮水安澜之意。其实，泛滥的淮水/一直潜伏在城外。它并未溜进城里。/倒是一条长长的运河的影子被挖了出来，/和翔宇大道水陆共生。"也通晓这座城市曾经涌荡过的历史风云："中洲岛、国师塔、慈云寺、胯下桥、伟人纪念碑，以及各式船……/还有埋在地下的一截一截古城墙青砖。/要么长得很高，要么躺着绵长，/要么深藏不露。这些都是被我念旧的名字。/但我喊，它们会一一答应。"在诗人看来，这里散落在淮安城的遗物，其实就是活着的历史，它们时时会召唤我们，不断去追忆从前那些峥嵘的岁月、闪着光亮的人和事。《淮安城》一诗并没有铺叙历史的情节，但其中散逸着的历史气息却是清晰可见的。

3

运河是一条流淌着无数故事的河流，这故事的主人公，便是那些富有个性的历史人物和现实人物，这些人物的个性各自不同，有的身怀绝技本领高强，有的情感丰富经历曲折，有的身世卑微但不向命运屈服，有的充满英雄豪气令人敬慕佩服。这些人物都在季风的运河书写中得到了形象的再现。《运河记》里对运河风云人物的书写，显得细腻而生动，诗人描画的这些人物聚合在一起，已然构成了一个秉性各异的精神谱系，一苑生龙活虎的生命画廊。

《泥人张》《杭州剪刀张小泉》是对运河边的手艺人所作的诗意写真。在《泥人张》里，季风借助几个具体的案例，将泥人张以泥捏人进而能以假乱真的精湛技艺描叙得栩栩如生："在天津，最好莫碰上他，/ 否则，他的袖口里，就会多出另一个你——/ 一个比真还真的假人。"首节就点明了泥人张能在现实生活中将身边之人观察入心，在短时间就能信手捏成一个仿真的泥人的高超技艺。"爱去大观楼看戏，戏中人 / 一不小心都成了他手中的菜。/ 钟馗嫁妹，麻姑献寿，八仙过海，吹糖人……/ 戏台上的角儿，被一只手 / 捏出千姿百态，捏出跑堂嘴角边上那 / 捂不住的那一声'噗嗤'。"次节写出了泥人张熟悉民间戏曲，常以泥人演化戏台上人物的生活情节。最为传神的是这一节——“立在桌面，更像是屋子的主人了。/手指轻轻一拨，它们会发笑，会变脸：/慈眉善目的，更加慈善；/狂妄自大者，更加大胆。”泥人张捏出的泥人，有动作，有表情，它不仅会“笑”，还会变脸。在一个典型的细节里，我们充分领略到泥人张过人的手艺。《杭州剪刀张小泉》则不着意于表现手艺人的才艺，而是着眼于凸显剪刀里所深藏的愁与怨、情与义。“如果没有剪子，事物是不是都是完整的；/如果没有更锋利的刀，心脏结构/会不会消弭了隔阂。”在诗人写来，剪也好，刀也好，都不是无缘无故出现的，都与这个世界和人生有着密切的关联。古往今来，人间从来不乏仇恨的火种，但运河人民总是慈爱满怀的——“人间是有仇恨的，因此常会听到：‘刀下留人。’/但，运河子孙的胸膛盛满的都是善良，/四目怒对时，刀锋佯装不知。”有爱才会有精湛的手艺，因为一切的技艺都是从关爱人类生命出发的，这也是张小泉能成为技术精良的剪刀匠的最内在原因：“他把一件粗活练习成了名品，/把自己这个乡下粗人，练习成了艺术家。”

运河边曾出现的历史风云人物多不胜数，他们也各自有着自己的传奇故事。诗人描述明代军事将领陈瑄：“勤勉、敬业、胆略、善战、睿智……/刀出鞘，袖口闪出一条路。/平叛治乱，国家至上。”（《陈瑄》）主要突出他的足智多谋与英勇善战。对江南名妓苏小小的描写，则是另外一番情态：“在杭州，我遇见了苏小小。/西泠桥畔埋玉，美人的回眸/被柳枝的画笔反复练习一千五百年。/……无非是谈了一场未可得的爱情，/最后只剩下一个很小的名字——/是的，这个名字太小了，比小还小，/以至于我放弃了抵抗。”(《杭州苏小小》)诗人到杭州西湖去拜谒苏小小墓，不觉被她传奇的人生所打动，这首诗就呈现了诗人在苏小小墓前失魂恍惚的精神状态。

我们知道，在司马迁的《史记》中，不仅有记载帝王将相丰功伟绩的“本纪”“世家”，还有为一般臣民而书的“列传”，在季风的运河书写所构建的人物谱系里，也有类似“列传”的普通人物的生命写照，如《跑船人》：“张小柏把家绑在船上，/家便像唱片一样，常年在水上打滑。”诗中所述的张小柏，是运河上一个普通的船工，他把一辈子就交给了这条河，交给了一条船，他为运河上来往的人们带去了无穷的幸福和快乐。我认为，勤劳朴实、踏实肯干的张小柏，绝不只是一个简单的个案，而是千千万万乐于奉献的运河儿女的缩影。

4

中国大运河的开凿最早可以追溯到战国时期，这条迄今已有两千多年历史的世界第一运河，在时间的长河中不断流淌，历久弥新，恩泽惠及一代又一代的劳动人们，将他们的聪明才智不断唤醒，从而为人类孕育出无数珍奇的文化硕果，留下了不少宝贵的文化遗产，其中，大运河流域所留存下来的非物质文化遗产，便是这宝贵文化遗产中极为重要的组成部分，是运河边的先辈留给后人的不可多得的物质与精神财富。在《参观大运河非遗展》里，季风如数家珍地陈列了诸多在大运河流域富有生命的非遗产品，令人目不暇接，喜不自禁：

结艺、锻艺、瓷艺、锡艺，
桃雕、核雕、蛋雕、水晶雕，
苏绣、锡绣、汴绣、乱针绣……
北京景泰蓝、天津泥人张、淮安十八翻、大丰吹糖人……
这些各式技艺，来自民间手指上的尖叫，
来自他们常翻常新的绝活。

在这里，诗人秉持博物馆学的理念，采用概括叙述的方式，将映入眼中的各种非遗成品进行了详细的陈说，让人充分领略到运河一带人们的心灵手巧与才智过人。

《运河剪纸》《苏绣》《云锦》等诗，则是对运河流域的非遗成果进行的细微烛照与具体阐释。诗人写运河剪纸："一个水平面，起初是安静的。/ 后来，它的内心有了想法，便开始 / 反复折叠，构思另一个自己。/ 世界之变，由剪刀决定。/ 刀锋左旋右拐，它在寻找一条幽径，/ 同时，也证明它在暗暗用力。/ 嚓嚓、嚓嚓，纸听见纸声，有人 / 在它的骨头上磨起刀来。/ 剪刀里藏有变幻，也藏有艺术。/ 双喜临门，百鸟朝凤，草木葳蕤……/ 倒立的'福'字，有一百种活法。/ 纸，一次次地镂空自己；/ 刀，一次次发出迷人的低音。"在纸的变幻和刀的劳作中，各种富有生机的艺术品不断生成。这首诗主要写纸，写刀，而很少写人。但在艺术品不断现身的背后隐伏的一个个手巧活细的手艺人可谓呼之欲出。诗人写云锦："它像云，富丽，华贵，/ 但我不得不承认，它又不是云，/ 它只是一块稍有不同的布料。/ 这一点点的不同，/ 让流水的想法，重新有了起伏。"将普通的布料被侍弄成富丽、华贵的云锦之事实直接言明。

非遗产品的诞生，尽管不能说是人们化腐朽为神奇的功力使然，但肯定是经过能工巧匠的巧手点化，从而将普通之物升华为艺术之物的结果。在《苏绣》一诗中，季风就以“针”的不断游走将一件件艺术品层出不穷的非遗生产过程加以艺术揭示：

百花齐放、鸟雀啁啾，飞禽走兽、高山流水……
许多想法，通过一根针的反复
而表达出来。

在绣布上，笔是无用的。
水墨也是，色线们替代了它。
鸳鸯游来游去，它们修长的腿
摆动着分秒。钟表永不疲倦，爱情也是。
线头散开，涟漪聚拢，呈现的
是一段陈年往事。

苏绣究竟有多美，从“百花齐放”“鸟雀啁啾”“飞禽走兽”“高山流水”等词语或成语中，就能鲜明感知到。苏绣是怎么来的呢？“许多想法，通过一根针的反复/而表达出来。”苏绣中有故事吗？当然有，而且极为丰富：“线头散开，涟漪聚拢，呈现的/是一段陈年往事。”有着几百年历史的苏绣，而今还在持续的发展和不断完善吗？那是必须的：“绣娘们把手工越分越细，/答案，也就越分越多。”由此可见，经过季风的艺术书写，苏绣这一运河流域的宝贵非遗产品，其所具有的艺术魅力被充分释放了出来。

5

几千年来，历史的风云在运河流域此起彼伏，不仅孕育了无数令后人津津乐道的人物和故事，而且还将一些刻印着历史足迹的名胜古迹留赠给了后来的人们。在季风的诗集《运河记》中，书写运河流域的名胜古迹的诗篇也不在少数。在这些诗篇里，诗人有意识地以名胜古迹为纽带，将历史与当下关联起来，一方面站在当代的视点上回望历史，寻觅历史古迹的现代意义，另一方面又从个体生命意识出发，对名胜古迹所蕴含的人生要义加以新的阐发。

位于江苏省扬州古城东北隅的个园，原为清代扬州盐商宅邸私家园林，以遍植青竹而名，以春夏秋冬四季假山而胜，是京杭大运河上一道极其靓丽的风景，为观览大运河的游人们的重要打卡之地。诗人季风聚焦园中挺立的竹子，撰出了一首富有情趣的短诗《个园》：

一根“竹”被劈两半，就是两个“个”；
很多根“竹”被劈开，就有无数个“个”。

诗人采用字形拆解的方式，将“竹”字拆分成两个“个”，从而为个园之命名的由来引入了新的阐释路径。对个园之竹所具有的独特性，诗人抓住了它们各有性格又彼此团结的特点来表述，诗行之中流溢着诱人的情意和趣味。诗歌的最后两节，诗人还将个园之竹与观竹之旗袍女进行巧妙的关联和比照，并生发出机智的联想与议论，从而有效拓展了个园修竹之美的话语空间。

始建于明洪武七年(1374)的光岳楼，亦称“余木楼”“鼓楼”“东昌楼”，位于山东省聊城市东昌府区古城中央。在《中国名楼》站台票纪念册中，光岳楼与鹳雀楼、黄鹤楼、岳阳楼、太白楼、滕王阁、蓬莱阁、镇江楼、甲秀楼、大观楼共同组成中国十大名楼。对这座名楼的诗化演绎，季风采用了“以我观物”的抒情形式，从而使光岳楼各种身形的呈现，都赫然涂抹上了“我”的情绪色彩：“傍大运河而生。数百年了，/它活在自己的寂寞里，但它不知道自己寂寞。”对光岳楼的审视，诗人首先将它放在时间的天平上来称量，点明了其独守寂寞的存在特征。继而，诗人言述了这座楼以木头为基本材料的构造特性，形象地将其比喻为“已经不是楼阁，而是一座森林”，并自然联想到“它的腹腔能倒出许多花草和鸟鸣”。接下来，诗人又打量它的结构特点，以“藏满劳役、呻吟、烟火和急急的鼓声”来形象暗示其建造之辛苦，存在历史之久远。在诗歌的最后一节，诗人还进一步展开想象的翅膀，深情地吟咏道：“我相信它的内部有大面积的光”，“大风刮过来的时候，骨头里长出来的叶子/全是火焰的模样。”

应该说，季风对名胜古迹的诗歌演绎，往往能基于自己对风景的个性化理解，从而给予历史古迹以富有新意的深度阐发。在《古末口遗址》里，诗人取用了“绳结”这一意象来巧喻这个古代关隘所具有的历史意味：“邗沟落笔至此，就收尾了。/ 南方粮草和军队由此转乘，开始北上。/ 古末口是一个绳结，大运河始终绷紧 / 一根起皱的弦，证明它的存在。”对史可法衣冠冢埋藏地梅花岭的书写，季风突出了此地所袒露的英雄气节：“单衣沾血，梅朵炸裂。/ 从岭上走下来的人，/ 像史公，个个都带有血气。”（《梅花岭》）诗人在《西津渡》一诗的结尾，写下了这样一节令人回味的诗行：

我相信，在尘世的起折转弯处，
都有一个虚无的渡口。
渡日，渡月，渡内心的流水。
那些空旷的部分，像一个空怀抱，
发生的情节，已被时间取走。

由古代渡口之交通意义，联想到在时间河流中艰难跋涉的人们，每每遇到生命起伏波折之时，也需要一个渡口的人生情景，这样的联想既显得自然而然，又显得妙意横生。

6

季风从小在运河边长大，运河边的各种景物和人物，与运河有关的名胜古迹和历史故事，以至于运河水流淌的节奏和声音，都被诗人刻入脑海，铭记于心。他是如此地熟悉运河，对运河充满了无限的挚爱与感恩，他近几年来陆续撰写出的运河系列诗章，无不散发着运河的气息，有着运河的体温和心跳，渗满着诗人对于运河的缕缕爱意与浓浓深情。难能可贵的是，诗人对运河的爱恋，并没有停留于盲目和从众的浅层次上，而是通过自我理性的审视和心灵的过滤之后所沉淀出的结果，这爱是富有深度和力量的。从《运河记》所收录的近一百三十首诗作中，我们时时处处都能被诗人那发自内心的运河赞歌所深深打动。

在运河边成长、生活，诗人对河流之爱是自然形成的:“爱一条河，我就枕着它入眠。/ 我爱它一晃而过的消失，/ 也爱它归来之后一身的疲惫。/ 我要敞开怀抱爱它，/ 像爱自己年迈的母亲，也可以 / 像爱邻居七岁的小女孩那样爱。/ 爱一条河，我擅于扮演多重角色。”（《爱运河》）诗人对运河的爱，如同儿子对母亲的爱，自然而真实。与运河相处久了，诗人也慢慢找到了读懂这条河流的关键词：“它就是劳动人民写下的一行 / 纵贯中华大地南北流淌的句子，/ 两岸树木和稻菽是它的偏旁部首。/ 认识运河，只需紧扣‘水、船和粮草’这三个关键词……”（《关键词》）与运河常年相伴，诗人不仅为运河的美丽富饶所打动，还强烈地感觉到自己也因拥抱运河而成了腰缠万贯的富翁：“运沙船从夕阳里穿过都是金子，陶罐留在水底都是文物。/ 舱中鱼虾、两岸稻香和万亩良田，/ 以及向上生长的炊烟，它们都归我所有。/ 我是富有的，但决不炫富；/ 我春风得意，但决不轻狂。”（《与运河为邻》）

自然，运河带给诗人的巨大财富，绝不只是经济上的盈余和生活的舒适，更多的是心灵的抚慰与精神的启迪。诗人在运河日夜流淌的声浪里，真切地倾听到了许许多多有关宇宙人生的大旨和要义，这或许才是他自称自己是“富翁”的真实原因。换句话说，正是因为运河给予诗人珍贵的人生启迪和世界观养育，才使他的运河书写没有停留在简单的写景抒情层面上，而是在写景抒情之外，还传达出有关历史、文化、时间、空间、存在、生命等独到认知的丰富人文信息。

总之，季风的运河书写，以当代诗笔传承运河文化、赓续中华文脉，内容丰富，情感深切，既有历史的厚度，又有文化的深意，处处闪现着人性的力量和诗意的光芒，不愧为当代一部诗化版的运河“史记”。

2023年1月1日—10日初稿

2023年2月2日—10日改成

（张德明，著名诗歌评论家，岭南师范学院文学与传媒学院教授，南方诗歌研究中心主任。）

附　录

《运河记》系列组诗在国内文学期刊发表情况

一、中国作协主办的文学期刊

1. 2023 年第 12 期《人民文学》发表《运河记》组诗（3 首）；
2. 2023 年第 9 期《中国作家》头条诗歌发表《运河记》组诗（6 首）；
3. 2023 年第 1 期《中国校园文学》头条诗歌发表《运河记》组诗（6 首）；

二、国内各大诗歌刊物

4. 2021 年第 10 期《星星》诗刊发表《运河记》组诗（3 首）；
5. 2021 年第 11 期《诗潮》诗刊发表《运河记》组诗（9 首）；
6. 2021 年第 6 期《诗林》诗刊发表《运河记》组诗（11 首）；
7. 2022 年第 1 期《扬子江诗刊》发表《运河记》组诗（5 首）；

8. 2022年第3期《绿风》诗刊头条发表《运河记》组诗(9首);

9. 2022年第5期《诗歌月刊》发表《运河记》组诗(3首);

10. 2022年第6期《草堂》诗刊发表《运河记》组诗(4首);

11. 2022年第7期《诗选刊》发表《运河记》组诗(6首);

三、省市综合性文学期刊

12. 2022年第3期《安徽文学》头条诗歌发表《运河记》组诗(4首);

13. 2022年第10期《山东文学》发表《运河记》组诗(6首);

14. 2022年第12期《雨花》发表《运河记》组诗(7首);

15. 2022年第2期《江河文学》头条诗歌发表《运河记》组诗(4首);

16. 2022年第2期《作家天地》头条诗歌发表《运河记》组诗(6首);

17. 2022年第5期《牡丹》发表《运河记》组诗(6首);

18. 2022年第9期《辽河》发表《运河记》组诗(6首);

19. 2023年第1期《广西文学》发表《运河记》组诗(6首);

20. 2022 年第 2 期《延河》(上半月刊) 发表《运河记》组诗 (3 首);

21. 2023 年第 2 期《湛江文学》发表《运河记》组诗 (6 首);

22. 2023 年第 6 期《时代文学》发表《运河记》组诗 (6 首);

23. 2023 年第 12 期《飞天》发表《运河记》组诗 (7 首)。

后　记

《运河记》即将出版了，这里说几句话表达内心的敬意。

《运河记》130首诗在两年多内能得到国内这么多重要文学期刊的陆续发表，让我很受感动并一直心存感恩，所以，我把所有发表《运河记》系列组诗的刊物名称附在了这本诗集的最后，目的就是为了永远铭记。这些刊物的编辑像大神一样从投稿邮箱中一组一组捞出我的这些诗，这是一件多不容易的事儿。无疑，他们是当下最优秀的诗歌编辑，我要向他们致敬！

非常感谢漓江出版社出版了我的《运河记》。之前联系了数家出版社都拖而无果，这让我明白找一家有品质的出版社出版我这本用心血写就的诗集并不比写作本身更容易。正是因为漓江出版社的领导高度重视和编辑、排版、设计等严谨高效工作，才让《运河记》有了快速、完美的呈现。“漓江”的胸怀像大运河一样宽厚、有爱。无疑，他们是这个时代有责任、有温度的出版家，我要向他们致敬！

在写作《运河记》过程中，得到一些好友的鼓励、诗评家的关注和各地读者的支持。他们视我的这些作品如宠儿，不断给我加油、添薪，我要向他们致敬！

我是一个“只知埋头写作，不知抬头看天”的诗人。三年凝视大运河，心无旁骛写运河。面对这条承载中华文明奔腾不息的河流，我的写作是专注的，我的灵魂更是干净的。做一个干净的诗人，挺好。基于此，我也要向自己致敬！

季　风

2023年12月于淮安里运河畔